« Tout secret est une révolte. »
Salim Barakat

Chapitre 1

Avril 2014

L'alcool commençait à lui monter sérieusement à la tête. Il faut dire qu'il avait pas mal bu depuis le début de la soirée. Entre le champagne de l'apéritif et les nombreux vins servis pendant le cocktail dinatoire, il n'avait plus compté les verres depuis plusieurs heures. Dire qu'il avait hésité à venir ! Finalement, il avait été bien inspiré de se décider à sortir de chez lui. La soirée avait été prolifique et il n'en aurait jamais espéré autant. Comme quoi la vie était parfois bien faite.

Marc allait et venait parmi la cinquantaine d'invités plus ou moins éméchés. Le cocktail avait été organisé par un groupement viticole dont l'objectif était de promouvoir les vins de Loire auprès de potentiels clients. En tant que propriétaire de trois des plus grands magasins de sport de la région, Marc avait naturellement fait partie de la liste des invités au même titre que de nombreux notables des environs. Tous les corps de métiers étaient représentés et les rencontres avaient été riches. Après maintes hésitations, il s'était rendu à cette soirée sans grande conviction. Il avait fini par se convaincre que ce moment lui permettrait d'agrandir son réseau, ce qui justifiait en soi l'effort de sortir de chez lui. Sauf que finalement, il avait trouvé bien plus que cela. Il avait trouvé son terrain. Sur ce coup là, il avait vraiment eu beaucoup de chance. Le terrain se trouvait pile à l'endroit où il souhaitait s'implanter. Quand il avait décidé de monter un quatrième magasin, il avait longuement réfléchi à l'emplacement qu'il choisirait. Ses années en tant que vendeur auprès de patrons au sens aigu du commerce lui avaient fait comprendre que l'élément clé du succès d'un point de vente, quel qu'il soit, était l'emplacement. Après avoir étudié toute la zone, il avait fini par jeter son dévolu sur une petite commune proche de Tours, bénéficiant de nombreux commerces et se trouvant significativement éloignée du magasin de sport le plus proche. Sauf qu'aucun terrain n'était disponible à la vente et qu'il n'était pas prévu que cela change. Alors, quand il avait évoqué son projet à cet homme et que celui-ci lui avait immédiatement parlé du terrain qu'il pouvait lui vendre, des étoiles s'étaient mises à briller dans ses yeux. Bien-sûr, son pédigrée ne l'arrangeait pas du tout, c'était le moins que l'on pouvait dire. Mais voilà, le business était plus fort que tout et monter son magasin valait bien un petit sacrifice moral. Evidemment, il avait fait comme si de rien n'était, comme s'il ne le connaissait pas et qu'il n'avait jamais entendu parler de lui ni de sa famille. Après tout, il n'y avait aucune chance pour que cette personne découvre qui il était. Trop obnubilé par la réussite de son projet, il n'avait pas hésité une seconde, persuadé que cette rencontre et cette proposition constituaient une aubaine pour lui.

Il s'attachait maintenant à saluer chacun des invités avec qui il avait discuté avant de quitter la soirée. Il avait le sourire jusqu'aux oreilles et l'euphorie dans laquelle il se trouvait le faisait oublier qu'il n'était plus vraiment en état de conduire. Il monta dans sa voiture et prit la route du retour tout en se félicitant de la chance qu'il avait eue ce soir.

Oui, la vie était parfois bien faite.

Et il avait raison, cette soirée allait changer le cours de sa vie.

Chapitre 2

Mai 2014

" Joyeux anniversaire Alba !". Les applaudissements retentirent tandis qu'Emma pénétrait dans la salle-à-manger plongée dans le noir, les bras chargés d'un imposant gâteau dégoulinant de coulis à la fraise. Tout sourire, elle le posa sur la table devant laquelle se trouvait Alba qui se dandinait d'un pied sur l'autre, ne sachant pas comment se tenir, un peu gênée de toute cette attention portée sur elle.

— Joyeux anniversaire Maman, lui dit Emma en l'embrassant sur la joue.

Alba lui rendit son sourire et prit une grande inspiration pour souffler ses quarante bougies. Une nouvelle salve d'applaudissements accompagna son entrée dans la quarantaine et elle s'acheva pour laisser place aux embrassades et souhaits de bonheur de la part de sa famille et de ses amis réunis pour l'occasion.

Julien s'approcha et, après une seconde d'hésitation, la serra maladroitement dans ses bras. Il avait toujours été comme ça Julien. Un peu mal à l'aise avec les démonstrations d'affection. Un peu mal à l'aise partout d'ailleurs. Contrairement à sa sœur jumelle qui avait le don de naviguer avec naturel et simplicité entre les uns et les autres quelle que soit la situation. Emma s'était d'ailleurs rapprochée sans aucune formalité de Paul, l'architecte des bâtiments publics avec lequel Alba travaillait régulièrement à la mairie. Pour Emma c'était une véritable aubaine, l'expérience et le réseau professionnel de Paul promettant de lui apporter un bénéfice certain au vu de l'orientation qu'elle souhaitait donner à ses études d'architecte. Elle savait ce qu'elle voulait, Emma. Depuis toute petite. Elle avait scrupuleusement choisi une école d'architecture parisienne qui lui permettrait, une fois son diplôme en poche, de travailler dans l'urbanisme. Les maisons particulières et les immeubles au rabais, très peu pour elle. Elle voulait du grand, du beau, du durable. Dans tous les sens du terme. Elle était à fond pour l'écologie et travaillait d'arrache-pied pour faire valoir les nouvelles technologies de l'architecture en termes de construction durable. Bref, elle avait du talent, elle avait des idées, et elle était convaincue qu'elle allait y arriver. Certains la disaient ambitieuse, mais Alba connaissait bien sa fille et elle savait que tous ces projets étaient avant tout la traduction de convictions qu'Emma avait eu la maturité de réussir à transformer en réalisations concrètes. Elle était fière de sa fille.

Julien était radicalement différent. Elle avait beau les avoir portés ensemble, ils étaient nés avec un monde entre eux. Un peu introverti, très réfléchi et plutôt solitaire, Julien avait choisi une école de chimie un peu par défaut. Il n'avait aucune idée d'où il allait ni comment il irait. Cela l'angoissait un peu, surtout quand il lui arrivait de se comparer à sa sœur dont la route semblait être toute tracée. Pour autant, il était bon élève, sérieux et assidu, et comme à son habitude, il ne faisait pas de vague. La chimie était pour lui un centre d'intérêt plus qu'une véritable passion. Il s'en accommodait et il avait fini par se rassurer en se convainquant que la suite viendrait d'elle-même. Pour l'heure, il essayait de profiter de l'anniversaire de sa mère en se faisant le plus discret possible parmi tous ces gens que, pour la plupart, il connaissait à peine.

Alba se dégagea doucement de l'étreinte de son fils.

— Ca va mon chéri ?

— Oui. Et toi ? Tu es contente ?

Elle sourit et lui posa un baiser sonore sur la joue.

— Oui, absolument. Ton père m'a préparé une très belle fête. J'ai beaucoup de chance.

— Tu ne t'es vraiment doutée de rien ?

— De rien. Rien du tout ! C'est fou, je n'ai rien vu venir. Je dois vraiment être très crédule ou très à côté de la plaque car je n'ai pas imaginé une seule seconde que j'aurais droit à un anniversaire surprise.

Elle éclata de rire et Julien l'imita.

— Remarque, quarante ans ça se fête non ?

— Sans doute oui. Disons que ça aide à faire passer la pilule.

— Ne dis pas n'importe quoi Maman. Tu es encore jeune. Et puis tu as des projets à la mairie, c'est top. Non franchement, je pense que pas mal de femmes de ton âge aimeraient être comme toi.

Alba lui caressa le visage.

— Merci Julien. Tu es un amour. Mais quarante ans, c'est une sacrée étape tout de même. Tu verras quand tu y seras !

— Bof, je ne suis pas pressé d'y être.

— Tu as bien raison. Profite !

C'est le moment que choisit Marc pour entourer de son bras les épaules de sa femme.

— Joyeux anniversaire ma chérie.

— Merci.

Ils s'embrassèrent rapidement, presque gauchement, comme deux adolescents un peu empruntés. Marc lui tendit un paquet dans lequel Alba découvrit une magnifique montre en céramique blanche. Elle était absolument divine. Elle la passa à son poignet et, très satisfaite de l'effet produit, entama la ronde des remerciements.

***

La soirée s'étira jusque tard dans la nuit et Alba monta se coucher sans avoir le courage de tout ranger. Marc lui avait promis qu'il le ferait le lendemain et pour une fois, ça l'arrangeait de le croire. Elle se démaquilla, prit une douche chaude qui la délassa, enfila sa chemise de nuit et se glissa dans les draps frais. Quarante ans... Elle avait dit la vérité à Julien. Elle considérait cet âge comme une étape. Comme un symbole. Le moment où l'on passe dans l'autre moitié de sa vie. Avant quarante ans, on grandit encore. On progresse dans sa vie professionnelle, on apprend, on construit. Après quarante ans, on va vers la vieillesse. On est candidat à des maladies qui ne concernent pas les jeunes. On a plus de mal à trouver du travail. Les rides font leur apparition et le corps a plus de mal à résister à la pesanteur. On regarde avec nostalgie les poussettes pleines de nourrissons et on se demande ce qu'on va faire de ses dimanches parce que les enfants sont partis. Les cheveux ternissent. Les mains se tâchent discrètement. Le dos tire un peu plus. Si on y réfléchit un peu, ce n'est pas très réjouissant. En tous cas, c'était le point de vue d'Alba qui s'était mise à faire le tour de tout ce qui allait partir de travers avec l'arrivée de la quarantaine.

Elle en était à ce stade de sa réflexion quand Marc se glissa à ses côtés.

— Ca y est Marc, on est vieux.

— Mais qu'est-ce que tu racontes. Tu dis n'importe quoi. Quarante ans ce n'est pas vieux.

— Si c'est vieux.

— Bien-sûr que non. Regarde, on fait les mêmes choses qu'avant.

— Ah bon ? Quoi ?

— Je ne sais pas moi. On bosse, on sort, on invite des amis.

— Oui, et on ne fait pas de sport, on ne voyage jamais, on va toujours en vacances au même endroit. Je te dis qu'on vit comme des vieux.

— On vit comme on a toujours vécu tous les deux et avec les enfants. Qu'est-ce qui t'arrive là ? Il n'y a rien de nouveau.

Alba remonta le drap sous son menton.

— Ouais. Peut-être. Je ne sais pas.

Marc se souleva sur son coude et approcha son visage de celui de sa femme.

— En tous cas moi, je trouve que tu n'as pas changé.

— C'est ça…

— Oh la la, ce que tu peux être rabat-joie ! Je pensais que cette soirée te ferait plaisir.

— Mais oui, ça m'a fait plaisir. C'était chouette.

— Et bien alors, c'est quoi le problème ?

— Il n'y a pas de problème.

— Très bien. Alors s'il n'y a pas de problème, embrasse-moi.

Alba lui déposa un rapide baiser sur les lèvres et s'enfonça un peu plus dans son oreiller.

— Quel enthousiasme…

— Excuse-moi mais je suis fatiguée.

Marc retomba sur le dos.

— OK. J'ai compris. Bonne nuit alors.

— Bonne nuit.

Il se pencha pour éteindre la lumière et tourna le dos à sa femme. Plongés dans le noir, ils demeurèrent silencieux, chacun dans ses pensées. Rapidement, Alba entendit le souffle de Marc s'apaiser et devenir plus régulier. Il s'endormait toujours à une vitesse éclair et plus de vingt ans après leur première nuit, elle s'en étonnait toujours.

La ronde des pensées reprit insidieusement, empêchant Alba de trouver le sommeil. Elle avait sincèrement beaucoup aimé cette soirée d'anniversaire. Marc lui avait réservé une belle surprise en invitant tous ses amis et collègues de travail. Même Emma et Julien étaient rentrés de Paris pour rejoindre leur maison tourangelle le temps du week-end. Il n'avait manqué que Sidonie, leur troisième fille qui passait son baccalauréat en Californie. Elle avait appelé sa mère par Skype pour lui souhaiter un joyeux anniversaire. Alba aurait préféré la serrer dans ses bras mais elle avait fini par prendre l'habitude de faire avec le manque.

Alors était-ce l'excitation de la fête qui l'empêchait de dormir ? Ou bien l'angoisse de basculer dans la quarantaine ?

Ou autre chose ? Elle se sentait mélancolique, ce qui n'était pas dans ses habitudes. Sachant pertinemment qu'elle n'était pas prête de s'endormir, elle se leva et sortit dans le jardin en attrapant au passage un plaid qui traînait sur un canapé. Elle s'allongea sur une chaise longue et s'emmitoufla chaudement. Tout en observant les étoiles, elle se mit à penser à sa vie. Quand elle se demanda si elle était heureuse, il lui parut évident que c'était le cas. Elle était née en Touraine et y était restée, construisant sa famille et toute sa vie au milieu des Châteaux de la Loire. Quoi de plus adapté à ses rêves de princesse d'ailleurs ? Car Alba avait toujours cru au prince charmant. Celui qui est beau, riche, toujours souriant et qui vous aime pour la vie. Quand elle avait rencontré Marc au lycée, elle était convaincue que c'était lui. Elle avait dix-sept ans, lui dix-neuf. Il affirmait qu'il ne pourrait plus jamais vivre sans elle et ça la faisait rougir. Ils étaient amoureux et n'avaient qu'une idée en tête : quitter leurs familles respectives pour créer la leur, ce qu'ils firent rapidement d'ailleurs, car Marc avait eu la chance de trouver du travail dès la sortie du lycée. Il avait commencé comme vendeur dans différents types d'enseignes pour finir par trouver son secteur d'activité fétiche : les articles de sport. Quelques années plus tard il avait ouvert son premier magasin et, les affaires prospérant, il en avait rapidement ouvert un deuxième, puis un troisième. Son business marchait bien et le métier lui plaisait. Il y passait du temps, parfois au détriment de sa famille certes, mais globalement Alba n'avait pas à se plaindre car il avait toujours été là quand elle avait eu besoin de lui. De son côté, Alba avait entrepris des études à la fac d'histoire. Elle avait choisi cette filière sans grande conviction, aucun métier ne la faisant rêver. L'histoire était la seule matière qui lui plaisait vraiment au lycée, alors au moment de faire un choix, le cœur avait parlé. Comme elle était plutôt douée et surtout sérieuse et assidue, elle avait obtenu de bons résultats aux examens. Sauf que deux ans plus tard, elle était tombée enceinte des jumeaux. Elle avait donc arrêté ses études du jour au lendemain pour se consacrer à temps plein à Emma et Julien qui lui demandaient beaucoup d'énergie. Sidonie arriva deux ans plus tard et compléta avec dynamisme et pétulance ce joli tableau familial. Une fois Sidonie à l'école, Alba fut embauchée comme secrétaire dans une petite entreprise de travaux publics. L'ambiance y était bonne et elle faisait un peu de tout, découvrant avec curiosité le monde de l'entreprise. Et puis elle avait fini par rejoindre la mairie de leur ville pour occuper un poste d'assistante qui ne lui convenait qu'à moitié. Alors, quand la personne en charge du service culturel partit à la retraite, elle sauta sur l'occasion et postula immédiatement. Cela faisait maintenant cinq ans qu'elle occupait ce poste et elle en était très satisfaite. Il lui permettait de monter des événements, de rencontrer des artistes, et parfois de voyager. Elle ne s'en lassait pas et comme elle donnait entière satisfaction, on lui avait confié la supervision du projet de construction de l'Atelier des Arts de sa ville. C'était un projet d'envergure destiné à rassembler sous un même toit des artistes de tous horizons. Musiciens, peintres, danseurs, dessinateurs, sculpteurs ou photographes, cet Atelier serait fait pour eux, pour qu'ils bénéficient d'un lieu dans lequel travailler, se rencontrer, échanger, co-créer des projets. Cet endroit privilégié était également voué à accueillir leurs expositions et représentations. C'était un projet magnifique et ambitieux avec un enjeu politique certain, l'équipe municipale actuelle misant clairement sur son succès en vue des prochaines élections. Alba avait été à la fois étonnée et flattée que l'on souhaite lui confier ce projet et, bien que craignant que le poisson soit un peu trop gros pour elle, elle s'était empressée d'accepter. Cela lui avait occasionné quelques nuits blanches et pas mal de cheveux blancs supplémentaires mais elle considérait que le jeu en valait la chandelle.

En dehors du travail et des enfants, Alba ne nourrissait pas de véritable passion. Quand elle rentrait de sa journée de travail, elle était contente de retrouver sa maison, elle prenait une douche très chaude et s'habillait confortablement pour passer la soirée devant la télévision accompagnée de son mari et d'un dîner rapide sous forme de plateau télé. Ils recevaient régulièrement des amis, qui étaient à peu près toujours les mêmes, et il leur arrivait de passer une soirée au cinéma ou d'aller dîner tous les deux au restaurant. Marc s'absentait souvent à l'occasion de déplacements professionnels et Alba en profitait pour sortir avec ses amies et collègues, Sophie et Clémentine. Entre Sophie qui avait fait le saut dans la quarantaine deux ans auparavant et Clémentine qui effleurait à peine la trentaine, Alba se sentait à sa place et le trio était à la fois dynamique, intime et explosif. Elles parlaient de tout, en toute liberté. Alba aimait l'idée de ne pas être jugée, quoi qu'elle puisse dire. Elle avait confiance en ses amies et l'inverse l'était tout autant. Bref, la vie était douce et calme. Parfois un peu trop d'ailleurs, car Alba aurait sans doute apprécié un peu plus d'aventure. Cela dit, la routine avait quelque chose de rassurant et elle avait tendance à s'y accrocher, sans trop savoir pourquoi. En résumé, Alba considérait qu'elle avait de la chance.

Pourtant ce soir, elle se sentait mélancolique. Elle était même un peu triste. Elle soupira et pensa à la carte d'anniversaire sur laquelle tous les invités avaient écrit un petit mot. Beaucoup avaient tenté l'humour, certains avaient joué la carte de l'émotion, et elle avait été très touchée par ces petites attentions. Elle avait d'ailleurs toujours eu du mal à lire une carte d'anniversaire en entier sans sentir ses yeux piquer. Les larmes venaient facilement et elle avait toujours eu une sensibilité à fleur de peau. Alors elle avait parcouru en vitesse les petits messages pour ne pas laisser l'émotion l'envahir en se disant qu'elle la relirait une fois seule. C'était donc le moment. Elle se leva et attrapa la carte qui trainait sur un guéridon du salon. Elle en commença la lecture tout en reprenant place sur sa chaise longue. Elle sourit aux messages qu'elle découvrit, aux petits dessins et aux évocations d'anecdotes communes et les larmes lui montèrent aux yeux quand elle lut le message que ses jumeaux avaient écrit d'une seule main. Puis elle referma la carte dans un sourire et elle la serra sur sa poitrine. Oui, elle avait de la chance d'avoir des amis fidèles qui l'aimaient. Elle ferma les yeux et savoura la fraîcheur de la nuit. Puis elle rouvrit la carte à la recherche d'un message bien précis. Celui de David. Elle le relut avec attention.

Découverte, aventure et folie, je te souhaite une quarantaine épanouie.

Ne sois pas trop sage.

Joyeux anniversaire !

David

Ce message l'avait interpelée, et elle se demandait bien pour quelle raison. Elle le lut à nouveau et réfléchit quelques instants. « Ne sois pas trop sage ». C'est vrai qu'elle l'était particulièrement. Pas un faux pas, pas un écart, pas de folie, elle était très raisonnable. Pourquoi ne l'aurait-elle pas été d'ailleurs ? A vrai dire, elle n'avait pas tellement eu le choix, le rouleau compresseur du quotidien s'étant chargé de lui interdire quelque folie que ce soit. Elle s'était mariée très tôt, avait eu ses enfants à vingt ans, et n'avait pas fait grand-chose d'autre que travailler et s'occuper de sa famille. Parfois elle se disait qu'elle n'avait peut-être pas suffisamment profité de sa jeunesse. Elle n'avait connu que Marc et n'avait véritablement aimé que lui. Marc... Un peu plus de vingt ans après leur rencontre, la vie était simple avec lui. Ils se connaissaient par cœur et ils s'entendaient bien. Elle aurait été bien incapable d'affirmer qu'elle l'aimait encore. Elle ressentait énormément d'affection pour lui, une belle complicité, peut-être même une certaine dépendance. Mais amoureuse, certainement plus. Une fois, Sophie lui avait demandé si elle se voyait finir sa vie avec Marc, ce qui signifiait passer encore une bonne quarantaine d'années avec lui. Alba s'était laissée surprendre par la question, n'ayant jamais envisagé l'avenir sous cet angle. C'est simple, la vie suivait son cours et emmenait Alba avec elle sans qu'elle se pose de questions. Alors oui, elle comptait bien finir sa vie avec Marc. Parce que c'était ça sa vie : sa famille, avec Marc. Parce que c'était son quotidien. Parce que c'était simple. Parce qu'elle était satisfaite. Parce qu'elle connaissait ça par cœur. Et parce qu'elle n'avait aucune raison de se poser des questions.

Qu'est-ce que la quarantaine aller changer dans tout cela ? Pas grand-chose, elle en était persuadée. Il faudrait peut-être qu'elle se mette au régime et qu'elle achète de l'antirides. Qu'elle se mette au sport, histoire de se remuscler un peu. Peut-être aussi songer à cacher les quelques cheveux blancs qui étaient apparus ces derniers mois. C'est vrai qu'elle se sentait vieillir. Doucement, mais sûrement. Le fossé qui se creusait avec la jeune génération la mettait assez mal à l'aise. Et ce soir, elle avait la nette impression d'être passée de l'autre côté de la barrière.

Elle n'eut pas à cœur de pousser ses réflexions plus avant, peut-être par peur de tomber sur une question à laquelle elle ne pourrait pas apporter de réponse. Elle préféra se convaincre que tout allait bien, qu'elle avait beaucoup de chance et qu'elle devait profiter de ce bonheur.

Elle posa la carte à même la pelouse et ferma les yeux pour chasser ses pensées. Elle se concentra sur sa respiration qui mit quelques minutes à devenir plus fluide. Puis elle finit par s'endormir en douceur, les idées grises envolées comme par magie.

Chapitre 3

Mai 2014

Une semaine après sa soirée d'anniversaire, Alba avait repris le cours de sa routine avec soulagement. Les questions du soir avaient laissé place à une accélération du projet de l'Atelier des Arts qui ne lui laissait pas le temps de cogiter.

Ce jour-là, tout avait commencé de travers. D'abord elle avait eu du mal à se lever, titillée par une envie irrépressible de rester au lit. Ensuite elle avait oublié sa tartine dans le grille-pain et elle détestait quand la maison sentait le brûlé. Puis elle avait renversé une partie de son bol de café sur son chemisier blanc qu'elle avait dû remplacer à la hâte par un haut bleu-marine qui ne lui plaisait pas du tout. Après avoir piqué un sprint pour rattraper son retard, elle avait sauté dans le bus et s'était laissée tomber sur le premier siège libre. Le trajet était relativement court pour se rendre de chez elle à la mairie et elle aimait l'occuper à observer les gens autour d'elle. Elle adorait voir la vie grouiller de toutes ses différences. Elle passait de la mère de famille accaparée par sa progéniture, à la vieille dame accrochée à son caddie, puis de l'adolescente outrageusement maquillée qui mâchonnait bruyamment son chewing-gum, au golden boy tiré à quatre épingles dans son costume anthracite avec l'air détaché de celui à qui on ne la fait pas. Elle essayait d'imaginer leurs vies, leurs envies, leurs problèmes. Parfois l'un d'eux devait se sentir dévisagé et il levait les yeux vers elle qui s'empressait de regarder ailleurs, le feu aux joues.

Elle enfonça les écouteurs dans ses oreilles et mit en route sa playlist du moment. Officiellement, Alba aimait les tubes à la mode. Ses goûts musicaux étaient plutôt éclectiques et elle pouvait aussi bien écouter du rap que de la musique classique. Officieusement, elle adorait depuis toujours Roch Voisine et comme elle n'assumait pas trop, elle l'écoutait en cachette, c'est-à-dire quand elle était seule. Le bus était l'endroit idéal. La musique en route, elle laissa son regard vagabonder d'un passager à l'autre et la tension du matin eut vite fait de s'estomper.

Au hasard de leur vagabondage, ses yeux furent attirés par une jambe. La jambe en question dépassait d'un siège, un peu comme si son propriétaire n'avait pas réussi à la caser à la place qui lui était destinée. Elle était habillée d'un pantalon de costume bleu marine, impeccablement repassé. Elle se terminait par une chaussure noire fraîchement cirée. Instinctivement, Alba leva les yeux vers le haut du corps de l'homme et elle le dévisagea. Il s'agissait d'un jeune homme, probablement d'une trentaine d'années. Les cheveux blonds, un peu foncés, le visage fin, presqu'angélique, les épaules droites et délicates, il était absorbé par la lecture d'un livre de poche qu'il tenait dans ses mains aux ongles soignés. Il portait une chemise blanche légèrement ouverte sur une peau lisse et une veste de costume du même ensemble que le pantalon. Pas besoin de s'approcher de lui, Alba était certaine qu'il sentait divinement bon.

Comme il ne la voyait pas, elle continua à l'observer sans aucune gêne, le détaillant des pieds à la tête. Elle le trouvait très beau et Roch Voisine dans ses oreilles l'encourageait à aller plus loin. La chanson parlait de sable, d'eau, de soleil, d'une histoire d'amour de princesse, et la voilà qui partait avec l'inconnu sur la plage, au coucher du soleil, main dans la main, les pieds dans le sable blanc. Elle monta le volume de la musique et sentit des frissons parcourir son dos. Elle imaginait qu'il s'arrêtait pour l'enlacer et l'embrasser longuement, caressant doucement ses cheveux et sa nuque. Qu'il lui disait combien il l'aimait et qu'il n'aimerait jamais qu'elle. Qu'ils s'allongeaient là, à même le sable, les jambes emmêlées, la tête enivrée par la chaleur de l'été. Elle rêva qu'il glissait ses mains sous sa chemise en lin blanc, la faisant frissonner comme jamais. Puis qu'il…

Devant se sentir observé, le jeune homme leva les yeux brusquement. Il dévisagea Alba qui s'empressa de tourner la tête vers la fenêtre en faisant mine d'être passionnée par ce qu'il se passait dehors. Elle était rouge comme une pivoine et Roch Voisine en était à se demander comment il allait faire sans son amoureuse qui était visiblement partie très loin. Envahie par la honte, elle n'osait pas le regarder à nouveau. Elle attendit que les battements de son cœur se calment suffisamment pour pouvoir respirer à nouveau normalement et elle reprit sa position initiale. Elle n'osait toujours pas le regarder mais elle pouvait l'apercevoir dans son champ de vision et apparemment il s'était replongé dans son livre. Elle soupira discrètement et elle réalisa qu'elle devait descendre à l'arrêt suivant, ce qui tombait plutôt bien. Elle se leva en tirant discrètement sur son pantalon de coton noir qui glissait légèrement le long de ses hanches. Avec son pantalon tout mou, son haut bleu sans allure et ses ballerines toutes simples, elle se sentit presque pouilleuse à côté de l'élégance du prince charmant qui lisait toujours. Alors qu'elle se dirigeait en tanguant vers la porte de sortie du bus, il la regarda à nouveau en plantant cette fois ses yeux dans les siens. Elle fut surprise par leur bleu perçant. Un bleu ciel, presque délavé. Elle resta interdite et sentit ses joues s'enflammer à nouveau. Accrochée à son regard, elle ne put que lui rendre le large sourire qu'il venait de lui adresser.

Chapitre 4

Juillet 1980

Le vol AF285 à destination de San Francisco était prévu à 16h45. Il devait arriver à 19h10 heure locale le lendemain. Cela laisserait à Alicia le temps de terminer sa journée de travail avant d'aller chercher Liz et ses deux garçons à l'aéroport. C'était Alicia qui avait convaincu sa sœur de la rejoindre dans leur ville natale. Trois mois après le drame, Liz était tellement malheureuse qu'Alicia craignait le pire. Complètement perdue, elle était incapable de faire quoi que ce soit, ne serait-ce que de s'occuper correctement des garçons. Du haut de ses dix ans, Victorien avait pris en charge son petit frère de tout juste un an. Priscillien était un bébé débrouillard et adorable. Il se laissait faire et laissait son grand frère prendre la place de sa mère sans rien dire. Victorien n'allait plus à l'école que de manière très sporadique, ce qui n'avait pas manqué d'inquiéter les enseignants et les voisins de Liz. Un jour, alertée par les cris stridents du bébé, une voisine était venue frapper à la porte du château qui s'était ouverte sous ses doigts. Ne recevant aucune réponse à ses appels, elle avait pénétré dans la vaste demeure pour y découvrir Priscillien hurlant dans son petit lit, aussi rouge que transpirant. Elle avait pris le bébé dans les bras et s'était laissée recouvrir de bave et de larmes tout en cherchant Liz dans toute la maison. Elle avait fini par l'apercevoir au fond du parc, assise sur une chaise en fer, les yeux baignés de larmes. Incapable de parler, Liz s'était laissée conduire comme un fantôme à l'intérieur de la maison. Fanny, la voisine, avait déposé Priscillien dans les bras de Liz. Le bébé avait fixé de ses yeux bleus sa maman pendant un bon moment jusqu'à ce que, d'un sourire, il arrache Liz de sa torpeur. Suite à cet épisode, Liz avait appelé Alicia qui lui avait proposé de venir s'installer, au moins temporairement, avec elle. Ainsi, elle pourrait prendre soin des garçons pendant que Liz tenterait de se remettre du drame tout récent qui avait fait voler toute sa famille en éclat.

L'aéroport Paris-Charles-De-Gaulle grouillait de vacanciers en ce mois de juillet et Liz tentait de se frayer un passage jusqu'au terminal de départ, chargée de trois valises empilées sur un chariot et de ses deux fils. Le reste de ses affaires traverserait l'Atlantique d'ici quelques semaines. Elle luttait pour ne pas fondre en larmes à chaque pas et si elle avait pu, elle aurait tout abandonné pour se jeter sous les ailes du premier avion venu. Mais elle avait promis à Alicia de tenir le coup et, même si sa promesse lui semblait ambitieuse, elle s'attachait à la tenir.

Elle passa les contrôles et se laissa tomber sur un siège en plastique, Priscillien dans les bras. Elle enfouit son visage dans le cou du bébé pour respirer son odeur de caramel. Elle ferma les yeux et sentit Victorien poser sa tête blonde sur son bras. Elle poussa légèrement l'enfant pour dégager son bras et l'enlacer. A mesure que ses yeux s'humidifiaient, elle serra ses enfants à les étouffer.

Chapitre 5

Mai 2014

Alba reprit un peu de café et craqua pour une troisième tartine. Elle s'était levée en même temps que Marc pour partager avec lui le petit déjeuner. Il devait partir tôt pour recevoir des fournisseurs venus de l'étranger. Depuis que les enfants avaient quitté la maison, ils accordaient moins d'importance au petit déjeuner familial et Alba pensait que c'était un tort.

— Tu veux du café ? Proposa-t-elle à Marc.

— Non merci, je vais m'arrêter là. Je suis suffisamment stressé comme ça. Ce n'est pas la peine d'en rajouter.

— Toi ? Stressé ? Tu plaisantes !

— Pas du tout. Si j'arrive à convaincre ce fournisseur de travailler avec moi, je serai le seul de la région à vendre ses produits. Il fabrique des chaussures de running avec une nouvelle technologie ultra moderne. C'est trop compliqué à t'expliquer en détails, mais en gros, elles sont extrêmement légères, très performantes et très design. Autant te dire que ça me permettrait d'avoir une longueur d'avance sur mes concurrents. Et ce ne serait pas du luxe.

— J'imagine. Tu penses que tu as des chances d'avoir ce contrat ?

— Probablement, oui. Les discussions étaient déjà bien engagées, mais tu sais, jusqu'au dernier moment ça peut capoter. Alors je reste prudent.

— Et ton quatrième magasin ?

— Si tout va bien je pourrai commencer les travaux en décembre. Ce n'est pas idéal étant donné que ce sera le plein hiver mais que veux-tu, avec toute la paperasse qu'on nous demande, je n'ai pas le choix.

— En tous cas c'est une chance que tu aies trouvé ce terrain.

— Comme tu dis ! Il est exactement à l'endroit que j'avais visé. Ça ne pouvait pas tomber mieux.

— C'est clair. Mais cela signifie aussi que tu vas être encore plus absorbé par ton travail. Déjà que tu l'es pas mal…

— Tu exagères ! Surtout que tu es bien accaparée par ton Atelier aussi.

— Oui mais moi je n'y pense pas vingt-quatre heures sur vingt-quatre.

— Evidemment, ce n'est pas ton projet.

— C'est-à-dire ?

— C'est le projet de la ville, ce n'est pas ton entreprise, ton argent. Ça n'a rien à voir.

— Ah d'accord… Donc, parce que c'est l'argent de la ville, c'est moins important ?

— Mais non… Ce n'est pas ce que j'ai dit.

— Si.

— Non.

Alba se leva et entreprit de débarrasser la table.

— Bon, peu importe, lâcha-t-elle vexée et soucieuse d'éviter une dispute. Tu te souviens que je rentrerai tard ce soir.

— …Oui, hésita-t-il.

Manifestement, il avait oublié.

— Je vais au cocktail organisé par la mairie, répondit Alba visiblement irritée. Je te l'ai déjà dit au moins trois fois. J'imagine que tu n'as pas prévu de m'y accompagner.

— En effet. Je vais terminer tard moi aussi. Je rentrerai à la maison directement.

— Très bien. Bonne chance pour ton rendez-vous alors.

— Merci. Je te raconterai. Et bonne soirée.

Il se leva pour poser un rapide baiser sur les lèvres de sa femme qui se dégagea rapidement.

— A ce soir.

— A ce soir.

Alba monta dans le bus un peu énervée et, comme à son habitude, elle enfonça les écouteurs dans ses oreilles. La météo était plus clémente et elle portait une robe fleurie à fines bretelles dans laquelle elle se sentait particulièrement élégante. Elle s'installa à sa place habituelle et parcourut le bus du regard. Une semaine avait passé depuis l'épisode du prince charmant et elle devait bien avouer qu'elle y pensait chaque jour. Elle espérait secrètement qu'il allait réapparaitre comme par miracle. Elle n'en attendait rien de spécial, simplement le croiser à nouveau. Seulement voilà, ce matin encore il n'était pas là. A chaque fois, elle était déçue.

Presque triste. Elle savait que c'était ridicule mais elle ne pouvait s'empêcher de l'attendre chaque matin. Alors, comme il n'arrivait pas, elle imaginait la vie de l'inconnu. Elle jouait à deviner son prénom, son âge, son métier. Elle avait fini par décider qu'il avait une tête à s'appeler Clément et à être informaticien. Il devait avoir entre trente et trente-cinq ans. Elle n'avait pas vu d'alliance à son annulaire mais il lui semblait inconcevable qu'il soit célibataire. Elle l'imaginait en couple, avec peut-être un ou deux enfants. Bref, son imagination tournait à plein régime.

Pourtant, elle avait fort à penser en ce moment. La création de l'Atelier des Arts n'était pas une mince affaire et ils avaient visiblement sous-estimé l'ampleur de la tâche. Sa préoccupation du moment était de dénicher des artistes prometteurs. Les artistes en vogue n'étaient pas intéressés par le projet porté par une ville qu'ils jugeaient trop petite, et les trop jeunes artistes ne bénéficiaient pas d'une notoriété suffisante pour attirer un public qui permettrait de rentabiliser l'Atelier et d'en assurer le succès. L'équation n'était pas simple et Alba se sentait un peu seule sur le coup. Sophie l'épaulait comme elle le pouvait mais sa collègue et amie était déjà accaparée par l'organisation particulièrement chronophage de la fête de la musique qui arrivait à grands pas. Pour être honnête, Alba comptait sur le cocktail du soir pour tenter une opération séduction auprès de quelques artistes qui avaient été invités dans cet objectif. Parmi eux figurait Caroline Clarié, une jeune pianiste dont chaque apparition remportait un véritable succès. La presse commençait à parler d'elle et, cerise sur le gâteau, elle était originaire de la région. C'était peut-être la raison pour laquelle elle avait répondu présente à l'invitation pour le cocktail. Le Maire avait précisé à Alba qu'il se chargerait lui-même de l'accueil de Caroline et qu'il lui présenterait le projet de l'Atelier des Arts. Elle l'avait trouvé un peu gonflé mais, habituée à l'égo démesuré de son supérieur, elle n'avait pas cherché à argumenter. Elle espérait que la soirée serait intéressante, c'était tout.

La journée passa à une vitesse fulgurante, rythmée par les mille choses à faire pour que le projet avance. A dix-neuf heures, Alba partit se changer dans les toilettes de la mairie. Elle passa une robe noire fluide et enfila une paire d'escarpins à talons. Elle retoucha son maquillage, se recoiffa et se parfuma légèrement. Elle s'observa dans le miroir des toilettes et, satisfaite du résultat, sourit à son reflet. Elle rejoignit Sophie et Clémentine qui étaient déjà prêtes.

Deux heures plus tard, et d'humeur joyeuse, Alba en était à sa troisième coupe de champagne. Comme prévu, le Maire avait accaparé Caroline Clarié qu'il ne quittait pas d'une semelle. Alba n'avait même pas eu l'occasion d'aller se présenter. En revanche, elle avait déjà rencontré un peintre à l'approche non-conventionnelle qui lui plaisait bien. Il s'était montré sincèrement intéressé par l'Atelier des Arts et ils avaient convenu d'un rendez-vous dans les jours qui suivaient. Il pourrait ainsi lui faire découvrir son univers et discuter des modalités de son éventuelle participation à la vie de l'Atelier. Elle avait également fait la connaissance d'Amélie, une jeune écrivaine qui cherchait un public pour son premier roman et qui proposait d'animer des ateliers d'écriture. En résumé, elle était satisfaite de cette première partie de soirée.

Elle entreprit de balayer la salle du regard à la recherche de Sophie ou de Clémentine qu'elle n'avait pas vues depuis un bon moment. Peine perdue, elles s'étaient volatilisées. Puis les yeux d'Alba se posèrent sur le dos d'un homme. Son cœur accéléra. Il était de dos, mais elle était certaine que c'était lui. L'inconnu du bus. Fort heureusement, Roch Voisine n'était pas là, ce qui allait lui éviter de partir dans des délires improbables. En attendant, elle avait déjà commencé à avoir chaud et à sentir ses jambes trembler sur ses talons. Elle n'eut pas le temps de se demander quoi faire car il se retourna pour poser les yeux sur elle. Elle se décomposa quand il se mit à avancer dans sa direction. Il s'arrêta tout près d'elle, le sourire aux lèvres. De près, elle le trouva encore plus beau. C'en était presqu'insolent.

— Bonsoir.

— Bonsoir, lui répondit-elle le plus naturellement possible.

— Je crois que nous nous sommes déjà croisés. Dans le bus.

— C'est possible en effet.

Si elle avait eu une baguette magique, elle aurait creusé un trou de souris dans le plancher pour se fourrer dedans.

— Priscillien de Saint-Maxence, lui dit-il en lui tendant la main. Je suis ravi de vous revoir.

Saint-Maxence… Elle connaissait ce nom, évidemment. Comme la plupart des gens de la région d'ailleurs. Elle savait la renommée des vins du Château Saint-Maxence bien-entendu. Mais il n'y avait pas que cela. Il y avait aussi tout le mystère qui entourait l'histoire de ce château, l'histoire de cette famille. Ce drame. Cette fuite. Tous ces ragots qui allaient bon train comme dans tous les petits villages. C'était loin maintenant, très loin même. Mais les étiquettes collent à la peau dans ces petits patelins. En vérité elle n'en savait pas grand-chose. Elle avait entendu des rumeurs, des bribes d'histoires. Elle s'en fichait un peu d'ailleurs, car elle considérait que tout cela ne la regardait pas et qu'il s'agissait d'histoires de vieilles commères. Et puis le malheur des autres ne l'avait jamais rendu plus heureuse. Elle avait quand même posé la question à Marc, il y avait des années de cela, une fois où un voisin du château avait évoqué le drame devant elle à la mairie. Marc lui avait répondu qu'il ne savait pas de quoi il s'agissait. Pourtant il habitait dans le coin à l'époque. Mais il avait dû passer à côté de l'événement. Quoi qu'il en soit, Priscillien était maintenant devant elle et elle n'allait sûrement pas lui poser la question.

— Alba Velletta, répondit-elle en s'efforçant de paraître naturelle tout en saisissant sa main. Je suis moi aussi très contente de vous croiser à nouveau.

Priscillien eut l'air étonné, mais Alba ne sut pas par quoi. Il sembla même pâlir légèrement alors qu'il conservait la main d'Alba dans la sienne. Il se reprit immédiatement.

— C'est une belle soirée n'est-ce pas ? Que faites-vous là ?

— Je travaille à la mairie et je participe à la mise en place de l'Atelier des Arts. Je suis ici pour faire la connaissance d'artistes susceptibles de nous rejoindre.

— Je vois. Comme Caroline Clarié par exemple.

— Oui. Enfin pas vraiment elle d'ailleurs. Le Maire a mis le grappin sur elle depuis le début de la soirée, c'est infernal.

Priscillien éclata de rire.

— C'est mon amie, précisa-t-il.

— Votre… ?

Alba était pétrifiée.

— Oui, ma petite amie si vous préférez. Nous allons nous marier en septembre.

— Pardonnez ma maladresse. Je suis vraiment confuse.

Priscillien rit à nouveau du rire typiquement carnassier des séducteurs aguerris.

— Ne vous en faites pas. C'était plutôt drôle, non ? Ça vous dit une coupe de champagne ?

Alba pensa à ses trois coupes précédentes, puis les oublia. Priscillien attrapa deux coupes au vol et en tendit une à Alba qui ne cessait de sourire.

— Bien, alors, parlez-moi de vous. Je veux tout savoir, lui demanda-t-il en la regarda tout au fond des yeux.

Elle était définitivement conquise.

— Que voulez-vous savoir ?

— Et bien je ne sais pas moi. Est-ce que vous êtes mariée ? Est-ce que vous avez des enfants ? Est-ce que vous avez des passions ? Ce genre de choses quoi.

Alba se prit au jeu.

— Oui, je suis mariée. Depuis vingt ans.

— Depuis vingt ans ? S'écria Priscillien. Mais comment est-ce possible ?

— Je me suis mariée très jeune. Je viens d'avoir quarante ans.

— Vous êtes sérieuse ?

— Oui, répondit Alba flattée.

— Sincèrement, je vous en aurais donné facilement cinq de moins.

— Merci. C'est très gentil, répondit-elle presque timidement, même si la réplique de Priscillien sentait le réchauffé.

— Et votre mari, comment s'appelle-t-il ? Que fait-il ?

— Il s'appelle Marc, et il est propriétaire de plusieurs magasins de sport dans la région. Il va en ouvrir un autre d'ici l'année prochaine.

Cette fois-ci, Alba vit clairement que Priscillien était mal à l'aise et elle se demanda bien pourquoi. Il changea immédiatement de direction.

— Et vous avez des enfants ?

— Oui. Trois. Emma et Julien sont jumeaux. Ils ont vingt ans. Ils étudient tous les deux à Paris, Emma dans une école d'architecture et Julien dans une école d'ingénieur chimiste. La petite dernière s'appelle Sidonie et elle est partie aux Etats-Unis pour passer son bac. Elle s'y plait énormément. Et vous ?

— Moi ? Rien de bien intéressant à dire.

Le voilà qui se faisait prier. Pourtant, il devait faire partie de ceux qui peuvent parler d'eux sans s'arrêter.

— Ne vous faites pas prier, dit Alba en riant.

— Et bien je suis fiancé à Caroline. Enfin, fiancé, pas vraiment, mais bon, c'est tout comme. Je suis négociant en vins. Ma famille produit du vin depuis des générations alors j'ai pris goût au secteur.

— Je connais la réputation de votre Château. Votre vin est délicieux d'ailleurs.

— Merci, remercia-t-il poliment. Je travaille pour le Château, mais pas uniquement. Au fil du développement de ma clientèle, j'ai élargi le champ de mes fournisseurs. Je me suis diversifié en somme. Au Château nous ne produisons que du vin blanc, d'excellente qualité certes, mais qui reste sur une niche. J'ai dû élargir mon spectre pour satisfaire l'ensemble de mes clients qui me sont restés fidèles tout du long de ces dernières années.

— Votre métier doit être intéressant. Qui sont vos clients ?

— Ce sont essentiellement des hôtels et des restaurants. Quelques cavistes également. Mais vous savez, c'est surtout un métier de passionnés. C'est l'affinité avec le produit qui fait toute la différence. En parler avec l'argumentaire commercial ou en parler avec ses tripes, c'est ce qui fait que vous réussissez ou pas.

— J'imagine. En tous cas ça a l'air de vous plaire.

— Plutôt oui.

— Et vous n'avez pas d'enfants ?

— Non. Pas encore.

Il sourit. Différemment cette fois.

— A vrai dire, reprit-il, j'ai pas mal papillonné. J'ai eu un peu de mal à me caser. Vous voyez ce que je veux dire ? Et puis je pense qu'à trente-cinq ans j'ai encore le temps. Enfin, je vous dis ça, mais vous avez eu vos enfants très jeune.

— C'est vrai. Et vous avez raison, ajouta Alba d'une voix plus douce, vous avez le temps.

— Je me trompe ou j'entends un peu de regrets dans votre voix ?

— Peut-être. J'ai parfois l'impression d'être passée un peu à côté de ma jeunesse. J'ai connu Marc à dix-sept ans et je ne l'ai plus quitté. C'est un peu court pour une jeune fille.

— D'un autre côté, c'est une très belle histoire.

— Si vous le dites.

Priscillien sentit qu'il avait marqué un point. D'un bras, il entoura les épaules d'Alba qui frissonna malgré elle.

— Ca vous dirait de continuer à discuter sur la terrasse ?

— Avec plaisir.

Il l'entraîna sur la terrasse avec un sourire annonciateur d'une fin de soirée douce et pleine de découverte.

***

Le lendemain matin, Alba arriva à la mairie avec un bon mal de tête. Elle s'était réveillée avec et malgré le café et le paracétamol, il semblait avoir décidé d'élire définitivement domicile dans sa boîte crânienne. C'était bien fait pour elle, elle n'aurait pas dû boire autant. Elle avait passé une très bonne soirée, entre travail et plaisir. Evidemment, les moments passés avec Priscillien lui avaient été particulièrement agréables. Elle était consciente que son comportement, ses compliments, ses sourires et sa bonne humeur ne lui étaient pas réservés. Elle imaginait aisément qu'il se comportait ainsi avec toutes les femmes et qu'il devait lui être facile de les attirer dans son lit. Cela dit, elle avait aussi vu l'autre côté du jeune homme. Le Priscillien plus authentique, plus vrai. Son côté fragile, presque blessé. Elle avait pu le ressentir lorsqu'il avait parlé de son enfance, à plusieurs reprises. D'ailleurs, il lui avait semblé qu'il cherchait à éviter le sujet, ce qui n'avait pas manqué de l'interpeler. Elle n'avait toutefois pas cherché à creuser davantage, souhaitant avant tout respecter son silence. Mis à part le mal de tête, elle était ravie de sa soirée et surtout profondément heureuse d'avoir croisé à nouveau le chemin de Priscillien, ce qui était tout de même assez improbable. Elle ne savait pas quoi penser de tout cela, et à vrai dire, elle ne cherchait pas vraiment à en tirer quelque conclusion que ce soit pour le moment. Elle verrait bien.

La journée se déroulait tranquillement, comme un lendemain de fête lors de laquelle on a un peu trop forcé sur tous nos vices. Alba s'était attachée à consolider les contacts obtenus lors de cette soirée. Toutefois, elle avait pris soin d'écarter Caroline Clarié de ses priorités, se disant que ce ne serait pas honnête. Alors qu'elle revenait à son bureau avec une tasse de café brûlant, son téléphone sonna. Elle posa précipitamment sa tasse et s'allongea presque sur le bureau pour attraper le téléphone.

— Alba Velletta, bonjour.

— Bonjour Alba.

C'était Priscillien.

— Alors, bien dormi ? Lui demanda-t-il.

Alba éclata de rire.

— Oui. Et vous ?

— Plutôt pas mal. J'ai pensé à vous.

— …

— Ca vous laisse perplexe on dirait.

— Non… mais…

— Ne vous méprenez pas, je voulais juste dire que j'ai repensé à nos discussions et je voulais vous dire que j'ai vraiment apprécié nos échanges d'hier soir. De vous découvrir un peu plus. Et je voulais vous en remercier.

— ... Merci..., répondit Alba d'une voix hésitante, consciente d'être écoutée par Sophie et Clémentine.

— Vous êtes peut-être occupée ?

— Oui, un peu, en effet.

— Bien. Alors que diriez-vous de prendre un verre ensemble un de ces jours pour poursuivre nos discussions ?

— Heu... Oui, pourquoi pas.

En vrai, elle n'en avait pas espéré tant et elle avait juste envie de sauter au plafond.

— Jeudi soir ?

C'était dans deux jours.

— Ok, c'est parfait.

— Je passerai vous chercher à 18 heures devant la mairie.

— D'accord. A jeudi alors.

— A jeudi. J'ai hâte, ajouta-t-il.

Alba ne put s'empêcher de sourire.

— Au revoir.

Quand elle lâcha le combiné, deux paires d'yeux la scrutaient avec interrogation. Elle se sentit rougir.

— Quoi ? Demanda-t-elle en souriant à ses deux collègues.

— Comment ça quoi ? Répondit Sophie en la regardant fixement.

— C'était qui ? Demanda Clémentine de façon plus directe.

— Priscillien de Saint-Maxence.

— Du Château Saint-Maxence ?

— Oui.

— Pas mal ! Et ?

— Et bien, il se trouve aussi que c'est le fiancé de Caroline Clarié.

— Ah d'accord. Et donc, tu le vois jeudi, c'est ça ?

— Oui, on va prendre un verre.

— Hum…

Sophie ouvrait des yeux ronds. Clémentine se lança.

— Et ça signifie quoi ?

— Rien du tout ! Répondit Alba sur la défensive.

— Attends, tu plaisantes ! On t'a entendue parler. Tu étais tout sauf naturelle. C'est qu'il y a quelque chose.

— Non, vraiment, je vous assure. C'est vrai qu'il est très… Bon, c'est vrai, il est vraiment très beau. Il est élégant, subtil, charismatique, un peu dragueur certes, mais il est aussi très intéressant. On a beaucoup parlé hier soir et on a beaucoup échangé, de manière très libre et naturelle. J'ai passé un très bon moment.

— Rassure-moi, répondit Sophie, tu n'es pas en train de craquer pour lui ?

— Bien-sûr que non ! S'empressa de répondre Alba qui avait déjà trouvé le moyen de se faire des tonnes de films sur une possible histoire avec Priscillien. Je te rappelle que je suis mariée, que j'ai quarante ans et que je suis mère de famille.

— Oui, enfin, tout cela n'empêche pas de se laisser tenter. Surtout après vingt ans de mariage.

Alba ne répondit pas. Evidemment que oui elle avait envie de se laisser tenter, malgré toutes ses valeurs et sa conception de la famille. Puis, elle se rappela que Sophie et Clémentine étaient certainement ses meilleures amies et qu'elle ne craignait rien, alors elle devint plus honnête.

— C'est vrai. Tu as raison. C'est long vingt ans de mariage. On se connaît par cœur. La vie est la même tous les jours. Plus de surprises, plus de découverte, c'est la routine. Et si je veux être honnête, je dois vous dire que Priscillien ne me laisse pas indifférente.

— Mais enfin Alba, réagit Clémentine, je ne comprends pas. Tu as l'air heureuse de ta vie. C'est peut-être la routine, mais c'est pour tout le monde pareil non ? Et en t'écoutant parler habituellement, la routine a l'air de te satisfaire. Tu sors quand même, tu partages des choses avec ton mari, et tes enfants sont sur les rails. Que cherches-tu de plus ?

— Elle ne cherche rien, répondit Sophie. C'est comme ça. C'est dans l'ordre des choses.

— Tu dis ça parce que pour toi ça n'a pas marché et que tu es divorcée. Mais je pense sincèrement que ce n'est pas « dans l'ordre des choses ». Je pense qu'on peut vivre très heureux pendant des dizaines d'années. Vieillir ensemble, avec la même complicité.

— Sans doute, oui, répondit Alba. Je ne dis pas que Marc et moi n'avons plus de complicité. Au contraire, nous sommes même très bons amis. En revanche, découvrir, échanger, sans frein et sans la barrière du quotidien qui biaise tout, c'est quand même pas mal. Tu vois, hier soir, j'ai vraiment eu la sensation de rencontrer quelqu'un pour de vrai. Pas simplement rencontrer en fait, mais réellement trouver. C'était rare. Et pour tout te dire, je ne sais pas où ça va nous mener, certainement nulle part étant donné que je suis mariée et qu'il va l'être dans quelques semaines, mais là n'est pas l'important.

— C'est quoi l'important ? L'interrogea Clémentine.

— L'important, répondit Sophie un peu rêveuse, c'est qu'elle se sente un peu plus vivante grâce à ces moments.

Sophie se tourna vers Alba.

— Je te comprends. Je ne peux que te comprendre d'ailleurs. Et tu as raison d'en profiter. Après tout, tu ne fais rien de mal.

— Sauf qu'aller prendre un verre avec un type inconnu qui te plait, je ne dirais pas que ce n'est rien faire de mal, rétorqua Clémentine.

— Attends Clémentine, réagit Sophie, elle n'est pas en train de tromper son mari que je sache ! On ne parle que de passer un moment avec cet homme, c'est tout.

— Arrête, on sait très bien comment ça va finir !

— Elle a raison, répondit Alba un peu gênée. Je ne vais pas me voiler la face. Je sais pertinemment que s'il tente quelque chose avec moi je serai incapable de résister. C'est vrai qu'il n'y a rien entre nous mais il me plait, je ne peux pas dire le contraire.

— Et voilà ! Répondit Clémentine, sa réplique visant clairement Sophie.

— Et alors ? Répondit cette dernière. Qu'est-ce qui te dérange tant ? Le fait qu'elle soit attirée par quelqu'un d'autre que son mari ? L'idée qu'elle puisse le tromper ?

— Oui. Ca me dérange parce que le mariage c'est sacré. Alors d'accord elle est mariée depuis vingt ans avec le même homme. Et alors ? Il me semble que ça ne va pas si mal que cela ? Pourquoi ce besoin de toujours aller voir ailleurs ? De croire que l'herbe est toujours plus verte ailleurs ? Si quelque chose ne va pas il faut tenter de l'arranger. Mais ce n'est pas en fuyant vers quelqu'un d'autre que le quotidien va s'améliorer, au contraire.

— Tu as raison, répondit Alba. C'est vrai que ma vie n'a rien d'horrible, bien au contraire. Et je n'ai pas grand-chose à reprocher à Marc. Et à vrai dire, je crois que tout cela n'a rien à voir avec lui. Je ne comprends d'ailleurs pas ce qu'il se passe réellement. Je suis moi aussi effrayée à la simple idée d'avoir envie que Priscillien me prenne dans ses bras. Idéalement, j'aurais dû lui dire non pour jeudi soir. Mais j'en suis incapable. J'en ai envie, très envie, et je fais semblant de me convaincre que je saurai lui dire non.

— Sauf que tu ne lui diras pas non.

— Probablement pas en effet.

Alba semblait tout-à-coup presque triste.

— Bon, ce n'est pas la peine de te mettre la rate au court-bouillon, reprit Sophie. Tu verras bien comment la soirée se passe. Et tu aviseras ensuite. Moi je dis qu'il faut en profiter. On a qu'une vie et elle est trop courte pour s'encombrer de culpabilité.

— Mais enfin Sophie, ce n'est pas la question ! Répondit Clémentine.

— Ecoute, on n'est pas d'accord sur le sujet, et on le sait car ce n'est pas la première fois qu'on en parle. Je suis convaincue qu'on n'est pas faits pour vivre soixante ans avec la même personne. Je pense même que c'est irréaliste. Mais voilà, la société a voulu que la vie soit faite ainsi, alors on s'y plie ou pas. Vous connaissez toutes les deux mon point de vue. Alors ce que j'ai envie de te dire Alba, c'est de profiter de chaque seconde de bonheur que tu peux grappiller. Et comme je te connais, j'ai aussi envie de te dire de rester la plus fidèle possible à tes valeurs, quoi qu'il arrive. Et aussi de ne pas te mettre en danger. Et quoi qu'il en soit Clémentine, c'est sa vie, et ce sont ses choix.

— Bien-sûr que ses choix ne regardent qu'elle. Mais on peut donner notre avis non ?

— Oh que oui ! Répondit Alba. Si je vous en parle c'est justement pour avoir votre point de vue. Je ne suis pas surprise de voir que vous n'êtes pas d'accord, et ce n'est pas grave. Au contraire, j'apprécie votre honnêteté. Je vais passer cette soirée avec lui et je verrai bien ce qu'il en ressort. Je sais que j'ai du mal à supporter la culpabilité et je ne me suis jamais retrouvée dans une telle situation. Alors ça devrait me sauver de pas mal de faux pas.

— Je te le souhaite en tous cas, répondit Sophie.

— Tu nous raconteras ? Demanda Clémentine.

— Bien-sûr que oui. Merci les filles…

Clémentine lui adressa un sourire sincère et Sophie fit le tour de son bureau pour l'embrasser sur la joue.

Elles reprirent ensuite leur travail dans une ambiance plus détendue. Sophie avait raison. Avec Priscillien, elle vibrait, elle vivait, elle était aux aguets. C'était grisant et nouveau. Inattendu. Elle se força à ne pas penser plus avant et décida de faire son possible pour ne pas extrapoler et garder les pieds sur terre. Après tout, jeudi n'était pas si loin. Même si elle était impatiente de voir ce à quoi allait ressembler ce rendez-vous.

Chapitre 6

Des larmes. Toujours et encore ces satanées larmes. Elle aurait pu croire qu'avec tout ce qu'elle avait pleuré elle finirait bien par ne plus pouvoir. Mais son corps continuait à produire des larmes à l'infini, inlassablement. Elle pleurait toujours en silence, sans cri, sans secousse, sans sanglot. Si elle avait été suffisamment lucide pour prendre du recul, elle aurait trouvé cela étrange, ayant habitué ses parents à des crises bruyantes et envahissantes au cours de son enfance. Là, c'était différent. Ce n'était pas un caprice. Depuis le drame, la douleur ne l'avait plus quittée. Elle l'envahissait, telle une vague qui la submergeait dans les moments les plus intenses. Elle en était presque étouffée, et pas que de façon symbolique. Elle perdait son souffle, elle peinait à respirer, avec l'affreuse sensation d'être projetée dans un puits sans fond. Liz était vraiment dans un sale état. Elle passait le plus clair de ses journées assise sur un large fauteuil en tissu blanc qu'Alicia avait positionné avec attention devant la fenêtre de la chambre de sa sœur. Ainsi, elle pouvait profiter d'une vue majestueuse sur la baie de San Francisco. On pouvait apercevoir au loin la prison d'Alcatraz, île mystérieuse propice à encourager l'imagination. On pouvait admirer la mer, le Golden Gate, l'écume tracée par le sillage des bateaux. C'était magique. Mais le voyait-elle seulement...

Trois semaines après son arrivée, Liz vivait toujours au ralenti. Comme dans un rêve. Un mauvais rêve. Les garçons avaient pris leurs marques, comme ils l'avaient pu. Victorien avait enfin retrouvé son statut d'enfant, laissant sa tante prendre le relais avec son petit frère. D'un naturel habituellement enjoué et pétillant, il avait tendance à se renfermer sur lui-même, s'isolant souvent dans sa chambre pour rester allongé sur son lit et fixer le plafond d'un regard vague. Alicia avait tenté à plusieurs reprises d'amorcer une discussion avec lui. Immanquablement, il se refermait comme une huître, lui assurant que tout allait bien pour acheter sa tranquillité. Alicia savait que cela prendrait du temps et elle comptait sur son entrée à l'école pour accélérer le processus de guérison. Quant à Priscillien, ce n'était encore qu'un bébé. Et comme tous les bébés, il souriait et répondait aux chatouilles. Cependant, son comportement avait changé. Il était moins vif, presque apathique. Alors qu'il avait commencé à se déplacer quelques mois auparavant, ses progrès s'étaient subitement ralentis. Comme s'il avait décidé de mettre sa découverte du monde en stand-by. De l'extérieur, c'était presque terrifiant. Et plus encore, la réaction de Liz était terrible. Elle ne s'occupait de ses fils que lorsqu'aucun autre choix ne s'offrait à elle, laissant à Alicia le soin de le faire à sa place. Victorien semblait avoir compris que sa maman avait besoin de distance et il s'en accommodait tant bien que mal. En revanche, Priscillien multipliait les crises de larmes que sa tante ne parvenait pas à calmer. Elle finissait par le confier à Liz dans les bras de qui il s'apaisait instantanément.

Par une journée particulièrement éprouvante au cours de laquelle Priscillien avait beaucoup pleuré et Victorien avait refusé presque violemment le dialogue avec sa tante, Alicia se décida à parler à sa sœur. Elle évita de trop réfléchir de peur de faire machine arrière et prit son courage à deux mains pour frapper à la porte de la chambre de Liz, toujours assise devant la fenêtre. N'obtenant pas de réponse, elle finit par ouvrir la porte délicatement. Quand elle vit sa sœur, son cœur se serra. Liz semblait contempler la vue. Pourtant, son regard était perdu au loin, là où Alicia ne pourrait jamais aller le chercher. Elle s'avança avec délicatesse.

— Liz, murmura-t-elle. Tu vas bien ?

— …

— Liz ?

De fines larmes se mirent à couler sur les joues de la jeune femme. Bouleversée, Alicia s'approcha et posa une main sur l'épaule de sa sœur.

— Que puis-je faire pour toi ? Comment puis-je t'aider ? S'il te plait, dis-le-moi.

Liz tourna la tête vers sa sœur. Son visage était d'une pâleur effrayante. D'impressionnants cernes noirs mangeaient ses joues. On aurait juré que le bleu de ses yeux était devenu gris. D'un gris terne et délavé, comme les jours de tempête.

— Je ne sais pas, murmura-t-elle d'une voix fragile. Je ne sais pas.

— Mais tu ne peux pas rester comme cela, enfermée dans cette chambre à longueur de journée. Tu ne peux pas rester sans rien faire, à pleurer encore et encore. Tes fils ont besoin de toi. J'ai besoin de toi. Il faut que tu réagisses.

— J'en suis incapable. Et je ne suis même pas certaine d'en avoir envie.

— Mais non voyons. Tu es encore sous le choc, c'est normal. Après tout, c'est encore très récent. Il faut te laisser le temps d'aller mieux, de guérir, de laisser partir le chagrin.

— Le temps oui…

— Oui Liz. Tu sais, même les pires épreuves s'adoucissent avec le temps.

— Tu le crois vraiment ?

Elle la regardait avec des yeux implorants. Comme si elle avait voulu lire dans ceux de sa sœur une vérité qui aurait pu la rassurer. Puis, subitement, elle se leva et se jeta dans les bras d'Alicia pour fondre en sanglots.

— Je ne sais pas comment faire. Je ne pourrai jamais vivre sans lui, jamais. Il était mon socle, mon modèle. Il était tout pour moi. Tout.

— Je sais Liz, je sais. Mais tu as tes enfants, ce n'est pas rien.

— Mais je suis incapable de les élever sans lui. Hugues savait ce qu'il fallait faire. Toujours. Pour eux comme pour le reste. Pour le château, les vignes, tout. Si seulement il était encore là. Si seulement on pouvait revenir en arrière.

— Ce n'est pas possible, tu le sais très bien. Et c'était un accident tu le sais aussi. Tu n'y peux rien.

— Oui, c'était un accident. Mais si j'avais été là, peut-être que j'aurais pu l'éviter. Peut-être qu'il serait encore là.

— Je ne peux pas te laisser dire cela. Je ne veux pas que tu culpabilises. Tu n'y es pour rien.

— J'aurais préféré que ce soit moi. J'aurais préféré mourir plutôt que de devoir vivre sans mon mari jusqu'à la fin de mes jours.

— Je sais. Et je comprends.

Elle serra Liz très fort dans ses bras, lui embrassa les cheveux, lui caressa le dos doucement. Et ses pleurs finirent par se calmer. Doucement. Alicia reprit la discussion.

— Que vas-tu faire ?

— Je n'en ai aucune idée. Pour le moment je suis perdue. Je ne sais pas quoi faire avec mon chagrin. Je ne sais pas quoi faire avec mes enfants. Je ne sais plus qui je suis ni pourquoi je suis ici. Pourquoi je suis en vie. Je ne sais plus rien.

— Il faut au moins que tu puisses t'occuper des garçons. Ils te réclament. Ils ont besoin de toi, de ton attention, de ton affection. Ils ont besoin de leur maman.

— Je n'arrête pas de me dire que Priscillien n'aura aucun souvenir de son père. C'est atroce. Victorien en aura certainement gardé quelques-uns, mais Priscillien aucun. Je ne parviens pas à me faire à cette idée.

— Il n'aura peut-être pas de souvenirs de son père mais c'est à travers toi que sa mémoire vivra. C'est toi qui dois transmettre ses valeurs, son amour, sa passion à tes enfants. Tu es le seul lien entre eux et la mémoire d'Hugues.

— Oui. Bien-sûr. Mais c'est trop tôt. Pour l'instant j'en suis incapable. J'essaie déjà de faire en sorte de me lever chaque jour. Et puis je n'arrête pas de penser à ce qu'à dû vivre Victorien. J'ai tellement peur qu'il se sente coupable.

— Ecoute, pour le moment, il a l'air d'aller bien. Honnêtement, je ne pense pas qu'il ressente de culpabilité. Vraiment.

— Tu crois ? J'espère… Tu sais Alicia, je ne sais pas ce que je serais devenue si je n'étais pas venue chez toi avec les enfants.

— Il est certain que tu es mieux ici que n'importe où ailleurs.

— Oui. Même si je te cause pas mal de soucis…

— N'y pense pas.

Alicia la regarda droit dans les yeux.

— Avant tout, je veux que tu prennes soin de toi. De mon côté, je m'occupe des garçons tant que tu ne te sens pas capable de le faire. Victorien ira à l'école à la rentrée, ce qui va lui faire beaucoup de bien. Il est important qu'il reprenne une vie normale. Quant à Priscillien, je vais trouver un moyen de pouvoir passer plus de temps avec lui. Le promener, l'emmener au parc, jouer avec lui, lui faire rencontrer d'autres enfants. Et quand tu te sentiras mieux, tu pourras prendre le relais. On va y aller en douceur d'accord ?

Liz lui offrit un tout petit sourire.

— D'accord… murmura-t-elle. D'accord.

— Bien. Je t'aime tu sais, dit-elle en serrant sa sœur dans ses bras.

— Moi aussi te j'aime. Merci… Tu fais tellement pour nous.

— Je suis sure que tu aurais fait la même chose s'il s'était agi de moi.

— Sans doute oui.

— Veux-tu que je te prépare un café, ou autre chose ?

— Je veux bien une citronnade s'il te plait.

— Très bien. Je descends à la cuisine et je te la prépare.

— Merci.

Alicia s'écarta de sa sœur et lui offrit un sourire rassurant, plein de tendresse. Oui, Liz avait bien fait de se laisser convaincre. Elle avait bien fait de prendre cet avion et de décider de renouer avec sa vie sur ce continent, près de ses racines. Et même si la vie venait de la blesser profondément, l'avenir était encore devant elle.

Chapitre 7

Juin 2014

Il faisait une chaleur à crever dans le bureau du Maire. Alba transpirait et elle détestait cela. Engoncé dans son costume beige, le Maire était rouge et ruisselant. Malgré sa petite cinquantaine, il était vieux jeu et bourré de principes. Il exigeait que ses collaborateurs lui servent du « Monsieur le Maire » et même par une chaleur pareille, il lui était inconcevable de faire l'impasse sur la cravate. Ce matin ne faisait pas exception et, le cou serré dans le col de sa chemise blanche, il tournait les pages d'un dossier que venait de lui remettre Alba. Il l'avait convoquée dans son bureau pour faire un point sur l'avancée du projet de l'Atelier des Arts. Alba s'était immédiatement sentie prise en défaut, sachant pertinemment qu'il allait lui reprocher de ne pas aller suffisamment vite à son goût. Elle le craignait autant qu'elle l'appréciait. C'était un homme charismatique, impressionnant à ses heures, parfois un peu colérique. Il imposait son point de vue sans trop de difficultés et il avait tendance à faire peur à ceux qui ne le connaissaient pas réellement. En revanche, il était toujours juste, dans ses jugements comme dans ses décisions. Il referma le dossier et fixa Alba.

— Bien, commença-t-il. Vous avez bien avancé sur la partie logistique.

— Oui, le local est presque terminé. Il ne reste que quelques aménagements intérieurs à finir car nous attendons encore la livraison des derniers meubles. Le peintre doit également revenir pour terminer toute une partie du bâtiment.

— Très bien. Je trouve que vous vous êtes bien débrouillée sur ce point.

Alba sourit, presque flattée. Elle attendait la suite avec un peu d'appréhension.

— En revanche, reprit-il d'un air supérieur qui le rendait un brin hautain, le nombre d'artistes dignes de ce nom est loin d'être suffisant.

— Je sais, je...

— Vous nous avez dégoté des jeunes inconnus, la coupa-t-il, et c'est vrai que d'après ce que j'ai vu ils ont l'air prometteurs. Mais il nous faut un nom, un vrai. Une personnalité. Une étoile montante. Quelqu'un qui assurera la notoriété de l'Atelier à lui seul. Vous n'êtes pas sans savoir que l'avenir de la commune repose sur le succès de cet Atelier. Il faut absolument qu'il soit suffisamment prestigieux pour rayonner au niveau régional, voire national. C'est capital !

Alba pensa que c'était surtout pour lui et la perspective de son futur mandat que c'était capital, mais évidemment, elle se garda bien d'exprimer le fond de sa pensée.

— Bien-sûr Monsieur le Maire. J'en suis tout-à-fait consciente.

— J'en suis sûr, répondit-il d'un air condescendant. Que comptez-vous faire ?

— Et bien..., répondit Alba d'une voix mal assurée, je vais tenter de passer par les artistes déjà recrutés par l'Atelier afin qu'ils puissent en parler autour d'eux. Toucher des artistes plus célèbres à travers leurs carnets d'adresses. Peut-être aussi tenter encore une fois de les contacter en direct. Du moins ceux à qui je ne me suis pas encore adressée.

— Très bien. Faites. Mais ce ne sera pas suffisant.

Le Maire se leva et se mit à arpenter le bureau d'un pas décidé.

— J'ai beaucoup discuté avec Caroline Clarié l'autre soir. C'est une personne délicieuse. J'ai évidemment évoqué l'Atelier à plusieurs reprises, en lui faisant des suggestions discrètes. Je ne lui ai pas fait de proposition concrète car je craignais que ce soit un peu trop précipité à son goût. Mais je l'ai sentie intéressée et pour nous, elle représente une sacrée aubaine. J'aimerais que vous l'appeliez pour lui proposer officiellement d'être notre marraine.

Alba s'était instinctivement reculée pour finir par s'appuyer contre le dossier du fauteuil. Elle était terriblement mal à l'aise. Elle choisit de botter en touche.

— Oui, bien-sûr, vous avez raison. Je vais l'appeler rapidement.

— Bien. Je compte sur vous pour que vous utilisiez les bons arguments pour la convaincre. C'est une femme intelligente et fine. Elle ne s'engagera que si elle est certaine que le projet fonctionnera et qu'il lui apportera un bénéfice certain.

— Vous pouvez compter sur moi Monsieur le Maire.

— Parfait. C'est ce que je voulais entendre. Mais que cela ne vous empêche pas de chercher d'autres artistes. Il vaut mieux pour nous que les places deviennent chères, n'est-ce pas ?

— Oui, absolument. Ne vous inquiétez pas, j'ai quelques pistes en attente. A partir d'aujourd'hui, j'en fais ma priorité.

— Très bien. Je vous laisse vous remettre au travail alors.

Alba offrit un sourire le plus naturel possible au Maire et tourna les talons.

Quand elle entra dans son bureau, elle se laissa tomber sur sa chaise en soupirant. Heureusement, c'était l'heure du déjeuner et elle était seule dans le bureau, Sophie et Clémentine ayant opté pour une session shopping. Elle but la moitié d'une bouteille d'eau minérale pour se rafraichir et elle respira un grand coup pour remettre de l'ordre dans ses idées. C'est bien simple, il lui était impossible d'appeler Caroline Clarié. C'était la fiancée de Priscillien et il était hors de question qu'elle envisage une quelconque collaboration avec elle sachant qu'elle s'apprêtait à voir Priscillien en cachette et que ce dernier était loin de lui être indifférent. Elle ne saurait pas quoi lui dire, ni quelle attitude prendre, ni comment se comporter. Elle serait beaucoup trop mal à l'aise pour être crédible. Elle réfléchit quelques minutes et en arriva rapidement à la conclusion que la seule façon pour elle de sortir de l'impasse était de dénicher un autre artiste du même calibre que Caroline pour la remplacer. Seulement voilà, elle n'avait aucune idée de comment elle pourrait procéder. La suite s'annonçait compliquée…

Alba passa la journée à éplucher les carnets d'adresse des artistes qu'elle avait déjà approchés, ainsi que leurs profils sur les réseaux sociaux professionnels. Malheureusement, elle ne trouva rien de très utile. Elle envoya tout de même quelques mails, un peu comme des bouteilles à la mer, ne sachant pas trop comment s'y prendre. Elle se disait que la chance finirait peut-être par se mettre de son côté. Et puis elle devait bien avouer que son rendez-vous du soir avec Priscillien lui occupait pas mal l'esprit. Elle y pensait sans cesse, se demandant presque à chaque minute comment il allait se passer. Elle échafaudait des tonnes de scénarios pour aussitôt tenter de revenir à la raison en essayant de se convaincre que cela ne servait à rien de faire des plans sur la comète. Bref, après cette journée sous pression, elle n'attendait qu'une chose : revoir Priscillien.

A dix-huit heures précises, elle se posta devant l'entrée de la mairie, après s'être rafraîchie et remaquillée dans les toilettes de l'étage. Elle sentait son cœur s'accélérer et sa respiration devenir plus saccadée. Elle était stressée et elle trouvait cela ridicule. A mesure que le temps passait, ses mains devenaient moites et elle dansait d'un pied sur l'autre. Elle n'en pouvait déjà plus d'attendre.

Quand elle le vit arriver, la tension retomba aussitôt. Elle le trouva terriblement sexy dans son pantalon de toile ocre et son polo blanc. Avec sa barbe de trois jours et ses cheveux soigneusement décoiffés, il avait une allure folle. Elle se demandait encore comment il pouvait s'intéresser à elle. Elle s'avança vers lui, un peu empruntée.

— Bonjour, lui dit-elle d'une voix peu assurée.

— Bonjour Alba, lui répondit-il en l'embrassant sur les deux joues.

Elle frissonna quand il posa la main sur son épaule.

— Comment allez-vous ?

— Bien. La journée a été un peu rude à la mairie mais je m'en sors.

— C'est votre Atelier qui vous pose problème ?

— Oui, c'est un peu compliqué. Mais ça fait partie du jeu non ? On n'a rien sans rien comme on dit.

— Sans doute. En tous cas, sachez que si un jour je peux vous être utile en quoi que ce soit, il ne faudra pas hésiter à me le dire. J'ai un bon réseau, et pas mal d'amis dans beaucoup de domaines.

— Merci. C'est très gentil. J'y penserai, répondit-elle en souriant, un peu gênée.

— Bon, que faisons-nous maintenant ?

— Je ne sais pas. Mais je suis certaine que vous avez une idée !

— En effet. Que diriez-vous d'une petite balade sur les bords de la Loire ? Je vous emmène en voiture à Amboise, un coin que j'adore. On marche un peu et ensuite on va prendre un verre. Ça vous va ?

— C'est parfait !

— Alors suivez-moi, conclut-il en la prenant par les épaules.

Ils s'éloignèrent de la Mairie pour rejoindre la décapotable de Priscillien.

Trois heures plus tard, ils avaient finalement décidé de dîner ensemble, après avoir arpenté les bords de Loire sous le soleil tombant. Ils avaient parlé sans s'arrêter, de tout et de rien, naturellement. Fatigués par la chaleur encore trop présente en cette fin d'après-midi, ils avaient décidé de s'asseoir à la terrasse d'une sorte de guinguette installée sur la rive gauche du fleuve. L'ambiance y était bon enfant, musicale et champêtre. C'était exactement ce qu'il leur fallait à ce moment-là. Ils continuèrent leur discussion à la lumière des lampions en dégustant des travers de porc grillés au barbecue et des frites accompagnées de mayonnaise. C'était magique. Priscillien savait indéniablement se montrer sous son meilleur jour. Tout en l'écoutant parler, Alba se demanda combien de femmes avaient succombé à son petit numéro, ce à quoi elle décida d'arrêter de penser rapidement, une pointe de jalousie commençant à la titiller. Vivre avec un homme comme lui ne devait pas être simple. Elle se dit qu'il était sans doute plus confortable de choisir un homme banal, histoire d'avoir l'esprit tranquille, ce qui ne devait pas être le cas de Caroline. A moins d'être la femme parfaite qu'aucun homme n'a envie de trahir, et encore, la routine devait bien finir par tout casser.

— Alba ? Vous m'écoutez ?

Elle sursauta presque.

— Pardon oui. Excusez-moi, j'étais un peu perdue dans mes pensées.

— J'ai vu ça oui, dit-il en riant. Je constate que le récit de mon voyage en Finlande ne vous passionne pas. A quoi pensiez-vous ?

— Bien-sûr que si, c'est très intéressant ! Se défendit-elle.

Elle rougit, se trouvant prise au piège comme une petite fille qui aurait chapardé des bonbons en cachette.

— Non vraiment, très sincèrement, ce que vous racontez m'intéresse beaucoup. Mais, je ne sais pas pourquoi, je suis partie dans mes pensées, j'ai perdu le fil.

Il ne répondit pas et la regarda en souriant. Clairement, il attendait la suite.

— Je vais être honnête, lui dit-elle en le regardant dans les yeux. Je me demandais comment Caroline parvenait à vous garder.

— Que voulez-vous dire ?

— Vous êtes charmant, séduisant, un peu manipulateur je pense, et je suis certaine que vous pouvez amadouer n'importe quelle femme. Vivre avec vous doit être un sacré défi.

Priscillien réfléchit quelques secondes.

— Vous n'avez pas complètement tort. J'ai connu beaucoup de femmes. J'en ai aimé certaines, et j'ai profité des autres. Peut-être que je vous expliquerai pourquoi un jour, mais dans d'autres circonstances. J'aime plaire, j'aime qu'on m'aime, j'aime qu'on me regarde, et je fais tout pour. Parfois ça dérape, parce que ça va trop loin, parce que je n'ai pas su m'arrêter à temps. Et oui, vous avez raison, c'est difficile pour moi d'être sage.

— Et sachant tout cela, vous êtes quand même avec moi ce soir ?

— Oui, je suis là car je me sens bien. J'ai conscience que c'est dangereux, et je n'ai pas envie de jouer avec vous. Vous me plaisez, c'est indéniable. Et même si je n'ai aucune idée de ce à quoi tout cela va nous mener, j'aime passer du temps avec vous. Et je ne me pose pas plus de questions que cela. Et vous, que faites-vous avec moi ?

Alba sentit le feu lui monter aux joues.

— Moi c'est différent. Je suis avec Marc depuis vingt ans. Ma vie me plait, même si elle manque de passion, de feu, mais je pense que c'est normal après toutes ces années. Je n'ai pas l'habitude d'avoir ce genre d'attitude. Je ne suis pas une charmeuse, je suis quelqu'un de plutôt banal. Et ma vie est à mon image. Mais je dois vous avouer qu'au moment où je vous ai vu dans le bus, la première fois, vous m'avez tout de suite plu. J'ai attendu de vous croiser à nouveau, mais comme ça n'arrivait pas, j'ai pensé que je ne vous reverrai jamais. Et puis il y a eu ce cocktail, et j'ai passé un moment merveilleux avec vous. Et maintenant nous voilà ici, dans cet endroit improbable, et je dois vous avouer que je me sens divinement bien.

— Je suis heureux de vous l'entendre dire, même si la situation est un peu déroutante. Je vous propose de ne plus en parler, et de prendre un dernier verre avant de rentrer. Il fait encore très bon et ce serait dommage de ne pas en profiter. Ah oui, et je vous propose aussi de passer au tutoiement. Qu'en pensez-vous ?

— D'accord. Et je ne suis pas pressée de rentrer, d'autant plus que Marc est en déplacement professionnel.

— Parfait alors. Je vais te chercher quoi ?

— Un verre d'eau pétillante.

Priscillien prit un air étonné.

— Oui, parfaitement, de l'eau pétillante. J'ai déjà bien assez bu pour ce soir. Je vais m'arrêter là.

— Très bien ! J'arrive tout de suite.

Il contourna la table et lui effleura le cou de la main. Elle ferma les yeux une seconde, juste pour profiter de la sensation de bien-être qui l'envahissait avec délice. Puis elle le regarda sans aucune retenue alors qu'il se rendait au comptoir. Elle était complètement hypnotisée par cet homme, c'était incroyable. Elle ne le quitta pas des yeux lorsqu'il revint avec deux verres à la main. Il les posa sur la table et se posta derrière elle. Il posa les deux mains sur ses épaules, juste à la naissance de la nuque pour caresser doucement sa peau tandis qu'Alba frissonnait des pieds à la tête. Puis, il lui prit la main et elle se leva, l'émotion la faisant presque trembler. Elle était maintenant tout près de lui. Elle pouvait sentir la chaleur de son corps, et son parfum aussi. Elle pouvait voir la fine veine qui battait au rythme de son cœur à la base du cou. Elle aurait voulu garder le contrôle mais c'était trop tard, elle avait plongé dans ses yeux. Il passa la main dans ses cheveux et lorsqu'il approcha ses lèvres des siennes, elle avait déjà perdu la raison. Elle ferma les yeux et se laissa emporter par la douceur de l'air et le désir de se noyer dans les bras de Priscillien.

Chapitre 8

Juin 2014

Dans deux semaines Sidonie aurait dix-huit ans. C'était une étape, un âge symbolique, et elle était loin de sa famille. Pour marquer le coup et lui faire plaisir, Alba avait préparé un colis contenant tout ce que sa fille adorait. Elle y avait mis, entre autres, des nougats, du gloss pailleté, deux romans d'amour, des guimauves enrobées de chocolat, des magazines people, des palets bretons, du parfum, un petit ours en peluche et un porte-clés en forme de Tour Eiffel de la part des jumeaux. De son côté, Marc était chargé de l'envoyer. Il avait donc soigneusement empaqueté le colis et il ne manquait plus que l'adresse à inscrire dessus. Sauf qu'il n'avait aucune idée de l'endroit où il avait noté cette fichue adresse. Il avait cherché partout, en vain. Alba devait bien savoir où la trouver.

— Alba ! Cria-t-il à travers la maison. Tu peux me donner l'adresse de Sidonie ?

Pas de réponse.

— Alba ! Toujours rien.

Il essaya une nouvelle fois.

— Albaaaaaa ! Cria-t-il encore plus fort.

Peine perdue, elle ne l'entendait pas. Elle devait être sous la douche, et comme il avait la flemme de monter au premier étage, il se dit qu'il lui demanderait l'adresse plus tard. Il s'assit dans l'un des fauteuils du salon quand son regard se posa sur le smartphone d'Alba. Il venait de trouver la solution ! Alba avait noté l'adresse de Sidonie dans son téléphone, il s'en souvenait. Restait à trouver où. Il déverrouilla le téléphone et se mit à ouvrir les mails et les applications susceptibles de contenir la fameuse adresse. Quelques secondes plus tard il l'avait enfin trouvée. Il la recopia sur le colis et, alors qu'il s'apprêtait à éteindre le téléphone, il se ravisa. Bien que cela ne soit pas dans ses habitudes, il cliqua sur l'icône des SMS et entreprit de parcourir les derniers messages reçus par sa femme. Il y avait des conversations qu'elle avait eues avec les enfants, des similis confidences échangées avec ses copines, des messages inintéressants au possible venant de sa mère. Bref, rien de bien transcendant. Jusqu'au moment où un nom attira son attention. Il cliqua sur le message et, à mesure qu'il découvrit la teneur de la conversation, il se décomposa. Il n'en revenait pas.

Et encore, il n'était pas au bout de ses surprises…

Chapitre 9

Avril 1989

La journée était plutôt chaude pour la saison et le soleil tapait fort sur la terrasse d'Alicia. Priscillien s'était installé avec un livre sur les marches en pierres qui menaient au jardin de sa tante. Il aimait tout particulièrement cet endroit depuis lequel on pouvait admirer la vue tout en respirant de grandes bouffées de vent. Il venait de fêter ses dix ans et il considérait la maison de sa tante comme la sienne. Il faut dire qu'il n'en avait pas vraiment connu d'autre. Il n'avait aucun souvenir de leur château de Touraine et Liz avait finalement décidé de rester vivre avec sa sœur. Alicia était une célibataire endurcie et Liz n'avait pas refait sa vie. Elles avaient trouvé un équilibre ensemble, à la fois pour les enfants et pour le quotidien. Elles étaient complices au-delà de tout et le drame qui avait entouré la mort d'Hugues les avait encore rapprochées. Elles étaient heureuses ainsi, se satisfaisant des petits bonheurs de chaque jour.

Neuf ans après la mort de son mari chéri, Liz avait refait surface. Sa vie était simple et paisible. Grâce à l'aide d'une amie d'Alicia, elle avait trouvé un poste de secrétaire médicale dans un petit cabinet en ville. Il lui assurait un revenu confortable qui lui avait permis de gâter ses enfants puis de financer les études de Victorien. A vingt ans, son aîné avait choisi de marcher dans les pas de son père en entreprenant des études d'œnologie. Il n'en avait pas encore parlé à sa mère, mais il avait dans l'idée de reprendre la gestion des affaires du Château familial. Comme son père, le vin était sa grande passion et revenir sur les terres de sa famille était son plus grand rêve. A la mort d'Hugues, Liz avait confié la gestion du château à Baptiste, le maître de chai. Il avait alors une trentaine d'années et il avait beaucoup appris au contact d'Hugues. Peut-être pas suffisamment d'ailleurs car les premières années furent difficiles. Les choses s'étaient ensuite largement améliorées pour maintenant fonctionner parfaitement. La production était rodée et les ventes étaient bonnes. Liz lui versait un salaire confortable et elle n'hésitait pas à investir les bénéfices dans du nouveau matériel ou la rénovation des bâtiments, en suivant en toute confiance les conseils de Baptiste. Fidèle à la famille de son ancien patron, Baptiste n'envisageait pas de quitter le Château Saint-Maxence et il s'attachait à faire honneur à la mémoire d'Hugues. Cela dit, Victorien ne manquait pas d'idées pour développer le château et, bien qu'il n'en ait pas encore parlé à sa mère, il avait bien l'intention de rentrer en France dès la fin de ses études.

Quant à Priscillien, il grandissait paisiblement, entre sa mère et sa tante, et le manque de son frère qui avait déménagé en Floride pour suivre ses études. Malgré leurs dix années d'écart, les deux frères étaient depuis toujours très proches et très complices. Depuis la mort de leur père, Victorien avait pris l'habitude de protéger Priscillien, et même à l'adolescence, à l'âge où tout est plus compliqué et où l'on a tendance à s'éloigner de sa famille, Victorien n'avait pas cessé de chouchouter son petit frère. Pour Priscillien, c'était fondamental car, longtemps engluée dans le chagrin, Liz avait été incapable de donner l'essentiel à son fils : l'amour inconditionnel d'une mère. Alicia avait été très présente, mais Liz avait mis quelques années avant d'émerger de son apathie et de retrouver un comportement normal. Depuis, elle parlait très peu d'Hugues, et quand elle le faisait, on croyait entendre un éloge funèbre. Déjà quand il était encore en vie, elle vénérait et admirait son mari sans presqu'aucune limite. Mais depuis qu'il n'était plus là, c'était pire. Elle avait complètement idéalisé son souvenir. Et évidemment, elle avait largement contribué à idéaliser l'image que s'était construite Priscillien de son père. Il le voyait comme un héros, une sorte de modèle inaccessible. Sans vraiment s'en rendre compte, il avait l'impression qu'il ne parviendrait jamais à être à la hauteur, notamment pour ce qui était de l'amour de sa mère. Dans sa tête d'enfant de dix ans, les choses étaient claires. Si sa mère avait tant aimé son père, c'était parce qu'il était remarquable. Et comme Priscillien ne se considérait pas comme tel, il serait incapable d'être autant aimé de sa mère que son père l'avait été. Alicia avait compris cela depuis le début, mais elle ne savait pas quoi faire. Elle donnait tout l'amour qu'elle pouvait à son neveu tout en étant consciente qu'elle ne remplacerait jamais sa sœur. Alors Victorien avait un peu fait office de mère de remplacement, même si ce n'était pas son rôle, et même si c'était loin d'avoir le même effet. Priscillien l'adorait autant qu'il l'admirait, et son départ pour la Floride l'avait dévasté.

Alors cet après-midi-là, Priscillien était heureux. Il était heureux parce que Victorien rentrait pour quelques jours. Il devait arriver le soir même et Priscillien comptait bien en profiter. Son frère lui avait promis qu'il l'emmènerait pêcher dans le California Delta, dans un endroit qu'ils considéraient comme étant le leur tant ils avaient aimé y passer des après-midis entières. Priscillien lisait pour tromper son impatience à retrouver son grand frère et il lui tardait d'entendre sa voiture arriver.

***

Il était près de 23 heures et les deux frères avaient pris place sur les mêmes marches que Priscillien quelques heures plus tôt. Ils avaient dîné avec Liz et Alicia dans la bonne humeur, Victorien émaillant la soirée d'anecdotes croustillantes et rafraîchissantes tirées de ses journées d'étudiant. Puis, les deux femmes étaient parties se coucher, non sans avoir recommandé à Priscillien de ne pas tarder à en faire de même. Mais le jeune garçon s'en fichait éperdument, décidé à profiter pleinement de la présence de son frère. Après l'avoir abreuvé de questions, Priscillien s'était enfin tut, satisfait et le sourire aux lèvres dans la nuit printanière. Il sentait la présence de son frère à ses côtés, et cela suffisait à le rassurer. Il l'écoutait respirer. Victorien, quant à lui, savourait ces quelques heures avec son petit frère. Sa vie en Floride était bien différente de celle qu'il avait connue entre sa mère et sa tante. Là-bas, il avait découvert la liberté, l'aventure, et une certaine forme de folie. Il avait vécu ses premières vraies amours avec Lucy, une belle étudiante en droit qu'il avait rencontrée sur le campus. Au fil du temps, il s'était également constitué une bande de copains avec qui il étudiait et faisait la fête. La vie était dynamique et trépidante, exactement l'inverse de ce qu'il avait connu jusque-là. Revenir chez sa tante lui faisait du bien et le ressourçait, le renvoyant à ses fondamentaux. Priscillien l'avait beaucoup fait rire avec toutes ses questions. Le petit voulait tout savoir : comment on fabriquait le vin, à quoi ressemblaient ses professeurs, si Lucy était belle, à quelle heure Victorien s'était couché la semaine d'avant… Il était insatiable. Victorien avait répondu patiemment à toutes ses questions, s'efforçant de le faire un peu rêver. Et ça avait marché. Priscillien regardait son frère avec des étoiles dans les yeux. Après quelques minutes de silence, Priscillien demanda à son frère :

— Victorien, comment Papa est mort ?

Victorien sursauta. C'était la première fois que Priscillien lui en parlait. Il réfléchit et pesa ses mots.

— Je sais qu'il a eu un accident quand on était petits. J'avais ton âge, et toi tu n'étais qu'un bébé. Je me souviens qu'Henri, l'un de nos voisins de l'époque, est arrivé à la maison en criant que Papa avait eu un accident. Maman est sortie et est partie avec lui. Après, elle est revenue avec les gendarmes et ils ont parlé longtemps. J'imagine qu'ils l'ont interrogée pour en savoir plus. Et quelques mois plus tard nous avons quitté la France pour venir nous installer ici. Mais je n'en sais pas plus. J'ai déjà posé la question à Maman mais elle n'a rien voulu me dire. Je crois qu'elle ne veut tout simplement pas en parler. Je ne sais pas. Mais pourquoi me demandes-tu cela ?

— Moi je ne pense pas que Papa ait eu un accident. C'était un héros. Et un héros ne meurt pas bêtement.

— Qu'est-ce que c'est que cette histoire de héros ?

— C'est pas des histoires, c'est ce que Maman m'a dit.

— Elle t'a dit quoi ?

— Que Papa était le plus fort. Qu'il ne faisait que des choses bien.

— Hum…, je vois. C'est sans doute vrai, mais cela ne fait pas de lui un héros.

— Bien-sûr que si ! Et je suis sûr qu'il est mort parce qu'il était un héros !

Victorien soupira dans la nuit.

— Sans doute. Tu as certainement raison.

— Oui j'ai raison. Mais ça ne me dit pas comment papa est mort. Et je veux savoir.

Victorien commençait à ne plus savoir quoi répondre.

— Ecoute Priscillien, en vérité ça a peu d'importance. A quoi cela t'avancerait de le savoir ? A rien du tout. Et tu sais pourquoi ? Parce que ça ne changerait rien.

— Et toi, tu n'as pas envie de savoir ?

Victorien déglutit bruyamment.

71

— Non, pas spécialement. Pourquoi ?

— Parce que si tu avais voulu savoir toi aussi, on aurait pu chercher ensemble. On aurait eu plus d'idées tu vois.

— Je pense que ce n'est pas une bonne idée du tout. Comme je te l'ai dit, cela ne servirait à rien. Et puis ça ferait de la peine à Maman. Tu ne veux pas lui faire de peine n'est-ce pas ?

— Non. Bien-sûr que non.

— Alors voilà. N'en parlons plus.

Victorien entoura de son bras les épaules de son frère.

— N'y pense plus. C'est loin tout ça maintenant.

— Oui mais j'aurais bien voulu avoir un papa moi. Et puis Maman est tout le temps triste. Et elle ne m'aime pas.

— Quoi ? Mais qu'est-ce que tu dis ? C'est n'importe quoi voyons !

— Pas du tout. Elle n'aime que Papa. Elle a dit qu'elle n'aimerait que lui pour le reste de sa vie. Je le sais parce que je l'ai entendu le dire à tante Alicia. Alors tu vois, moi je ne suis pas un héros et elle ne m'aime pas.

— Mais non Priscillien. Ce n'est pas du tout ça. Si elle a dit cela, c'est parce qu'elle ne pourra pas aimer un autre mari. Mais toi c'est différent. Tu es son petit garçon, et elle t'aime forcément. Tu comprends ?

Priscillien avait l'air dubitatif.

— Ouais… Je sais pas…

— Mais bien-sûr que si ! Il faut que tu me croies. Je t'assure que c'est vrai. Ce n'est pas possible autrement. Une maman aime forcément ses enfants.

Il accompagna ses paroles d'une série de chatouilles qui firent éclater de rire Priscillien. Victorien fut soulagé de voir son frère rire aux éclats.

— Allez, n'y pense plus. Et puis il faut que tu ailles dormir maintenant. Il est très tard et tu dois être fatigué. Surtout qu'il faut que tu sois en forme demain pour la pêche.

— T'inquiète, lui répondit Priscillien d'un air assuré, je serai en pleine forme.

Victorien rit de la réplique de son frère et il se leva pour l'accompagner dans la maison.

Ce soir-là, Victorien s'allongea dans le lit de Priscillien, tout contre son frère. Il finit par s'endormir, bercé par la respiration paisible du petit garçon et satisfait d'avoir réussi à éluder les questions insistantes qui le mettaient mal à l'aise. Pourtant, malgré l'impression qu'il avait donnée, Priscillien n'était pas prêt de lâcher le morceau. Du haut de ses dix ans, il avait vite compris qu'il n'obtiendrait aucune réponse de la part de son frère. Il avait donc rapidement laissé tomber, tout en se promettant qu'il continuerait à chercher, seul.

Chapitre 10

Juin 2014

Il faisait une chaleur accablante en cette mi-juin et ils étaient soulagés d'avoir trouvé la terrasse ombragée de ce restaurant pour dîner. Leur soirée avait commencé divinement bien avec la saveur rafraichissante d'un cocktail coco ananas et Alba s'était laissée envahir par la douceur de l'alcool qui lui montait légèrement à la tête. Elle était tellement bien… Priscillien quant à lui avait sorti le grand jeu. Il avait réservé la plus belle table de ce petit restaurant local et quand il avait rejoint Alba, une rose rouge accompagnait son sourire carnassier. Evidemment, malgré le côté cliché de la chose, Alba était conquise. Une semaine s'était écoulée depuis leur dernier rendez-vous. Le temps avait paru très long à Alba qui n'attendait que de le revoir. Ils s'étaient envoyé des messages chaque jour, mais son odeur, son corps et ses caresses lui avaient terriblement manqué. Après avoir pris leur temps pour se retrouver, ils avaient commencé leur soirée en parlant de tout et de rien. Ils en étaient maintenant aux nouveautés de ces derniers jours. Parmi elles figuraient les angoisses d'Alba concernant son travail. En une semaine, elle n'avait pas avancé d'un pouce concernant la problématique du moment, à savoir trouver des artistes de plus grande envergure, dont au moins un de taille. La tâche s'annonçait périlleuse et elle s'en inquiétait énormément. Elle expliqua la situation à Priscillien qui abonda dans son sens au sujet de Caroline.

— Je comprends que tu ne veuilles pas faire appel à Caroline, et je dois t'avouer que cela m'arrange aussi. J'aurais vraiment été mal à l'aise si vous aviez décidé de collaborer, même si je n'aurais pas eu le choix.

— Pour être honnête, je ne me suis même pas posé la question. Il était évident que je ne pouvais pas envisager quoi que ce soit avec elle. La situation est déjà bien assez compliquée comme ça, ce n'est pas la peine d'en rajouter. C'est comme si tu devais travailler avec Marc. Tu imagines ? Ce serait impossible.

Priscillien pâlit subitement. Il se reprit tellement vite qu'Alba eut à peine le temps de s'en apercevoir. Elle crut même qu'elle avait rêvé. Il enchaîna.

— Et le Maire, il pense que tu vas le faire ?

— Oui, évidemment. Et jusqu'à présent, j'ai réussi à botter en touche. Je lui dis qu'elle prépare son prochain concert et qu'elle ne souhaite pas être dérangée pour le moment. J'invente n'importe quoi et pour l'instant ça marche. Mais je ne vais pas pouvoir tenir longtemps et il va falloir que je trouve une solution rapidement.

— Je vois. Et quelle serait la solution ?

Alba soupira.

— Trouver un artiste de renom, ou tout du moins un artiste avec un potentiel certain et surtout suffisant pour assurer la notoriété future de l'Atelier et attirer de nouveaux artistes en vue.

— Quel genre d'artiste ?

— Comment ça ?

— Plutôt des peintres, des danseurs, des acrobates, des musiciens ?

— Peu importe. Nous avons déjà un beau panel d'artistes en tout genre. L'essentiel maintenant est de dénicher quelqu'un de suffisamment en vue pour attirer la presse et le public.

— Alors j'ai peut-être quelqu'un pour toi.

— Pardon ?

— Oui. J'ai la personne qu'il te faut.

— Mais qu'est-ce que tu veux dire ?

— Est-ce que tu connais Martin Bareil ?

— Bien-sûr que je le connais. C'est un chorégraphe de danse contemporaine.

— Oui, et c'est surtout l'un de mes amis d'enfance. Nous avons grandi ensemble à San Francisco. Je jouais au foot et lui dansait, mais mis à part ce petit point de détail, nous étions inséparables.

— Tu es sérieux ?

Priscillien éclata de rire devant l'air ébahi d'Alba.

— Evidemment que je suis sérieux. Tu veux que je l'appelle ?

— Mais oui ! Bien-sûr que je veux que tu l'appelles ! Tu devrais même déjà être au téléphone !

Ils riaient maintenant tous les deux.

— Ok ma jolie. Je l'appelle demain, promis.

— Et tu me dis ce qu'il en est tout de suite après d'accord ?

— Oui, promis aussi.

— Tu crois qu'il peut être intéressé ?

— Je ne sais pas. Peut-être. Mais ce que je sais, c'est qu'il est capable de le faire pour moi.

Alba fit une grimace.

— Je n'en doute pas. Mais je ne veux pas qu'il se sente obligé d'accepter tu vois.

— Ne t'inquiète pas pour cela, je saurai utiliser les bons arguments pour qu'il accepte pour les bonnes raisons.

— Oui mais…

Pour la faire taire, il se pencha au-dessus de la table et l'embrassa tendrement. Elle fondit de plaisir.

— Très bien, dit-elle en rouvrant les yeux, je ne dis plus rien et je te fais confiance.

— C'est ce que je voulais entendre.

— Mais si je ne dis plus rien, cela signifie que c'est toi qui parles.

— Si tu veux, mais que veux-tu savoir ?

— Et bien, par exemple, quelles sont les dernières nouvelles du Château Saint-Maxence ?

— Ma foi, contre toute attente, elles sont plutôt bonnes. Comme tu le sais, depuis que Victorien n'est plus là, Baptiste a pris le relais. C'est un vrai professionnel et il connaît mieux le Château que quiconque. Pour bien faire il faudrait que je mette mon nez dans tous les papiers, mais j'avoue que je n'en ai aucune envie. C'était le domaine de Victorien, pas le mien.

Devant l'air sombre de Priscillien, Alba regretta presque d'avoir dirigé la conversation sur ce terrain. Parler de Victorien était encore difficile pour Priscillien. Son frère lui manquait terriblement, à de nombreux égards.

— Tu vois, je crois que Baptiste est la personne en qui j'ai le plus confiance au monde, continua-t-il. Il a cette capacité incroyable à toujours prendre la bonne décision, ce que je suis incapable de faire car je ne m'y connais pas suffisamment. En fait, il se retrouve dans la même situation qu'au moment de la mort de mon père car il est quasiment seul à gérer le Château dans la mesure où je ne lui apporte qu'un soutien logistique et commercial. Et il se débrouille vraiment très bien.

— Tu as de la chance de l'avoir.

Alba hésita, puis, la question lui brûlant trop les lèvres, elle se lança.

— Tu ne m'as jamais parlé de ton père Priscillien. Quel âge avais-tu quand il est mort ?

— J'avais un an. Et Victorien dix. Ma mère a complètement craqué et nous sommes partis vivre chez ma tante à San Francisco. Elle était incapable de s'occuper de nous. A vrai dire, je ne m'en souviens pas car j'étais trop petit, mais Victorien s'en souvenait bien et il m'en a souvent parlé.

— Qu'est-il arrivé à ton père ?

Alba vit Priscillien se tendre instantanément. Elle mit cela sur le compte de la douleur de la perte de son père.

— Un accident. Je ne sais pas quoi précisément, mais c'était une mort accidentelle.

— Comment est-ce possible que tu ne saches pas ce qui lui est vraiment arrivé ?

— Eh oui… Je sais que c'est hallucinant, mais ma mère ne voulait pas en parler. En tous cas, elle ne voulait pas parler de cet épisode en particulier. Elle nous dressait un portrait de héros de notre père, mais elle n'évoquait jamais sa mort. Et les rares fois où nous nous sommes risqués l'un ou l'autre à lui poser la question, elle fondait en larmes et nous implorait de la laisser tranquille. Alors nous n'avons jamais insisté et je crois que nous avons fini par nous faire une raison en nous convainquant qu'après tout, nous n'avions pas besoin d'avoir tous ces détails. Il était mort et c'était déjà bien assez ainsi.

— Ta mère a dû terriblement souffrir.

— Oui. Horriblement. Il était tout pour elle. Elle avait une vie heureuse avec lui. Elle était aimée et je crois qu'elle l'admirait au-delà de tout. Avec sa mort, tous ses rêves se sont envolés. Et nos rêves de famille avec. Elle n'a refait surface qu'au bout d'un an et pendant tout ce temps, ce sont Victorien et ma tante Alicia qui se sont occupés de moi. Il paraît que je pleurais souvent et que je réclamais les bras de ma mère. Evidemment, je ne me souviens de rien, mais je suis certain que tout cela m'a profondément marqué. Démarrer sa vie dans des circonstances tragiques laisse toujours des traces.

— Et aujourd'hui ?

— Aujourd'hui… Je pense très sincèrement que mon comportement est lié en partie à ce manque. Ma mère vouait un véritable culte à mon père, et il s'est encore renforcé après sa mort. Elle ne s'occupait que très peu de moi et j'étais convaincu qu'elle ne m'aimait pas. Alors très rapidement, j'ai eu besoin de plaire pour me rassurer. A tout le monde, tout le temps. Aux adultes comme aux enfants.

J'étais adaptable à l'extrême, me pliant à toutes les exigences. Encore maintenant, j'ai besoin de lire de l'approbation dans le regard de l'autre. J'ai besoin de voir qu'on m'apprécie, qu'on est d'accord avec moi. Le problème est qu'une fois que j'ai obtenu cela et que je suis rassuré, je n'ai plus cet effort à faire et je ne bascule pas toujours vers autre chose.

— Que veux-tu dire ?

— Ce que je veux dire c'est qu'une fois que j'ai testé mon pouvoir de séduction qui n'a pas d'autre finalité que de me rassurer sur ma capacité à être aimé, bon nombre de relations ne m'intéressent plus. Ou plus exactement je peux dire qu'elles ne m'ont jamais intéressé. Alors je fuis. Je sais que ce n'est pas bien mais je ne sais pas faire autrement.

— J'imagine que ce que tu évoques concerne les femmes.

Priscillien sourit devant l'air contrarié d'Alba.

— Oui, en partie. Mais ce n'est pas important.

— Et qu'est-ce qui est important ?

— C'est ce que je ressens là maintenant, pour toi.

Alba frissonna.

— Et que ressens-tu ?

— J'ai du mal à mettre des mots dessus. Je me sens bien avec toi. Et plus que cela, je me sens moi-même, en sécurité. J'ai passé ma vie à chercher l'amour et l'admiration et toi, tu me les donnes instantanément. Tu as ce pouvoir de mettre les autres à l'aise, de faire en sorte qu'ils se sentent dans une situation confortable. Et puis je te trouve belle, j'ai envie d'être avec toi, de te caresser, de te prendre dans mes bras. C'est rare pour moi. Bien souvent je suis séduit par une femme parce qu'elle me plait physiquement. Et une fois que j'ai eu ce que je veux, c'est terminé. Avec toi c'est différent. Tu es une vraie rencontre pour moi, celle du cœur j'entends. Il y a bien longtemps que cela ne m'était pas arrivé.

Le cœur d'Alba battait plus vite. Elle avait l'envie irrésistible de plonger à corps perdu dans les paroles de Priscillien. Pourtant, elle ne pouvait s'empêcher de se demander s'il disait la même chose à toutes ses conquêtes. C'était peut-être une stratégie pour faire plier les dernières résistances. Si c'était le cas avec elle, c'est qu'il était très beau parleur. Parce qu'au-delà des mots, elle sentait quelque chose de plus profond, de plus authentique. Ils se connaissaient depuis peu de temps et déjà ils s'étaient beaucoup attachés l'un à l'autre. Et elle était persuadée que c'était dans les deux sens.

— Et depuis Caroline, est-ce que les choses ont changé ?

— Oui, évidemment. Caroline est une femme talentueuse, droite et respectueuse. Je l'admire beaucoup. Je n'aime pas cette expression mais depuis que je suis avec elle je me suis beaucoup calmé. Si je suis complètement honnête avec toi, je dois t'avouer que j'ai connu un ou deux écarts. Mais ils n'ont eu aucune importance pour moi. J'ai conscience que de l'extérieur cela peut paraître monstrueux, mais la vérité est que ces histoires d'un soir n'ont jamais rien représenté pour moi. Je sais que mon attitude peut être considérée comme un manque de respect envers elle mais je te promets que je la respecte comme personne. J'imagine que peu de gens peuvent comprendre cela. Et je ne t'en voudrais pas si c'était ton cas. Ceci étant dit, il y a toi maintenant. Et c'est différent. Pourquoi ? Je ne sais pas. Je suis censé me marier dans quelques mois et je ne pense qu'à toi, et ça me fait peur. Je ne sais pas où cette histoire va nous mener, mais j'espère juste ne jamais regretter quoi que ce soit.

— Moi aussi j'espère ne pas avoir à connaître de regrets. Je suis déjà très attachée à toi. Tu m'as manqué toute cette dernière semaine. Je n'ai fait que penser à toi et compter les jours qui nous séparaient de ce soir. Je ne sais pas ce qu'il m'arrive car pour moi, c'est la première fois. Et c'est très perturbant. Ma vie avec Marc n'a rien d'exceptionnel mais je suis heureuse, vraiment. Et cette vie, je l'ai voulue. Alors qu'est-ce qui fait que je suis en train de tomber tout doucement amoureuse de toi ? Je n'en sais rien. Et moi aussi ça me fait peur.

Ce qu'Alba ne dit pas, c'est qu'elle ne pouvait pas s'empêcher de douter de la sincérité de Priscillien. Elle lui ouvrait son cœur tout en craignant de n'être qu'un nième numéro sur sa longue liste de conquêtes. Elle avait envie de plonger la tête la première dans leur histoire et de se laisser aller, mais elle freinait ses ardeurs de peur de se réveiller avec la déception de n'avoir pas su faire la différence. La situation était périlleuse et dangereuse. Priscillien lui prit les mains.

— Je ne veux pas que tu aies peur. Je veux simplement que tu profites du moment présent. Je te promets que nous nous poserons les bonnes questions au moment où il le faudra. Cela ne sert à rien de se faire des nœuds au cerveau pour l'instant. C'est trop tôt.

— Oui sans doute. Mais c'est difficile de ne pas réfléchir.

En guise de réponse, Priscillien offrit un sourire rassurant à Alba.

— On y va ?

Alba sourit à son tour et acquiesça. Ils se levèrent et Priscillien fit le tour de la table pour prendre Alba dans ses bras. Elle mit le nez dans son cou et respira son odeur à laquelle elle était déjà complètement accro. Ils s'embrassèrent longuement puis se dirigèrent vers la voiture de Priscilien qui prit la route du centre-ville de Tours pour se garer devant un hôtel dans lequel il avait réservé une chambre. Alba ne posa aucune question et saisit la main qu'il lui tendait pour descendre de la voiture et le suivre à l'intérieur de l'hôtel. Quand ils pénétrèrent dans la chambre, Alba se blottit dans les bras de Priscillien qui referma la porte délicatement. Il l'embrassa comme jamais il ne l'avait fait auparavant, lui donnant le vertige et la laissant à peine respirer. Puis elle déboutonna lentement sa chemise et pressa son visage contre son torse pour le respirer d'encore un peu plus près. Priscillien caressa avec douceur et fermeté ses cheveux et son dos, pris dans la même tourmente. Il l'entraîna ensuite vers le fond de la chambre jusqu'à ce que le dos d'Alba repose contre le mur. Alors seulement, il la déshabilla en embrassant son cou, ses bras et sa poitrine qui n'attendait que cela. Une fois totalement nue, elle souleva une jambe qu'elle appuya sur le rebord du lit, lui faisant ainsi comprendre qu'elle était prête et que la nuit était pleine de promesses.

Chapitre 11

Juin 1991

Une pluie diluvienne tombait sans interruption depuis le matin. Elle avait refroidi l'air, ce qui était bienvenu car il faisait une chaleur à mourir depuis trois semaines. L'humeur de Priscillien était en phase avec la météo. Il était triste. Tout gris dans ces trombes d'eau. Enfermé dans la maison depuis son réveil, Priscillien ne rêvait que de sortir jouer dans le jardin. Heureusement, Liz avait invité Martin à passer l'après-midi avec lui. Comme à leur habitude, ils avaient discuté de tout et de rien, comme des adolescents qu'ils seraient bientôt. Ils avaient ensuite retrouvé des occupations plus enfantines au travers de longues parties animées de jeux vidéo. Martin était sans aucun doute son meilleur ami. Très différents l'un de l'autre, ils étaient aussi complices que complémentaires. Priscillien aimait le sport et les voitures tandis que Martin se passionnait pour la danse depuis qu'il était tout petit, ce qui ne plaisait pas beaucoup à ses parents. D'ailleurs, il lui avait fallu pas mal d'insistance et quelques mois de patience pour qu'ils acceptent de l'inscrire à un cours hebdomadaire. Depuis, c'était de loin son moment préféré de la semaine. Non seulement il aimait la danse par-dessus tout, mais surtout, il était doué. C'était un élève comme on en croise rarement. Appliqué, talentueux et avec l'envie insatiable d'apprendre et de progresser. Fasciné par la passion de son ami, Priscillien l'accompagnait régulièrement en cours. Il s'asseyait au fond de la salle et il regardait Martin évoluer de semaine en semaine.

Du haut de ses douze ans, Priscillien était un enfant calme et obéissant. Il avait apparemment le désir de ne contrarier personne, et surtout pas sa mère qui lui semblait fragile. Il avait ce don de ressentir les humeurs et les besoins des autres, et de s'y conformer pour ne jamais faire de vagues. Pour les adultes c'était plutôt confortable. Pour lui, certainement beaucoup moins. Il avait peu d'amis, les personnes les plus importantes à ses yeux étant son frère et Martin. Après ses années d'études qui l'avaient mené en Floride loin de son frère, Victorien avait finalement annoncé à sa mère qu'il souhaitait reprendre l'exploitation familiale. Comme prévu, Liz avait réagi assez violemment, inquiète malgré elle de voir son fils emprunter le même chemin tragique que son mari. Évidemment leurs destins n'avaient absolument rien à voir et Victorien était parvenu à le lui démontrer et à la convaincre de le laisser partir, non sans l'aide d'Alicia qui désirait par-dessus tout le bonheur de ses neveux. Victorien était donc reparti pour la Touraine, onze ans après leur départ précipité, et il manquait atrocement à Priscillien. Il n'était plus question de rentrer à San Francisco pour un week-end et Liz considérerait que Priscillien était encore beaucoup trop jeune pour prendre l'avion seul et passer des vacances chez son frère. Si elle avait été parfaitement honnête avec elle-même, elle aurait réalisé qu'elle était surtout très mal à l'aise avec le fait de savoir ses deux garçons dans la maison qui avait abrité les plus beaux moments de sa vie et le plus grand drame qu'elle ait jamais connu. Évidemment il était hors de question qu'elle l'accompagne. Trop de souvenirs, trop de chagrin, trop de tout. Alors Priscillien grandissait, se construisant tant bien que mal entre une mère à jamais blessée et le manque cruel d'un père qu'il idolâtrait par procuration bien qu'il ne l'ait pour ainsi dire pas connu. Et depuis un an, le départ de Victorien n'avait fait qu'ajouter un second manque qu'il ressentait chaque jour. Alicia l'entourait de tout son amour, mais elle voyait bien que le jeune garçon était trop seul, trop souvent. Comme pour obtenir une sorte de compensation, il s'attachait à chercher de l'amour chez les autres. Il faisait tout son possible pour être aimé. Et cela fonctionnait.

86

Alors que les deux garçons avaient fini par choisir de parcourir ensemble un magazine qui traînait sur une table, le téléphone sonna. Alicia décrocha et Priscillien bondit quand il comprit que c'était Victorien. Après avoir échangé quelques mots avec son neveu, elle tendit le combiné à Priscillien.

— Allo ? Victorien ?

— Salut ! Comment ça va ?

— Bien. Je suis avec Martin. Je suis content que tu appelles !

— Moi aussi je suis heureux de t'entendre. C'est bien que Martin soit là. Vous faites quoi ?

— Et bien il pleut depuis ce matin, alors on est coincé à l'intérieur. On a joué aux jeux vidéo. Et maintenant on lit des magazines.

— Bien. Et qu'est-ce que tu me racontes de nouveau ?

— Pas grand-chose. Tu sais, il ne se passe jamais rien ici.

— Ne dis pas ça voyons ! Tu fais des choses intéressantes non ?

— Mouais, si on veut. C'est quand même toujours un peu pareil. Et toi, tu fais quoi ?

— Et bien ici il est bientôt minuit. Il fait très chaud et je n'arrive pas à dormir.

— Tu as de la chance. Ici il n'arrête pas de pleuvoir.

— Oh tu sais, ce n'est pas génial quand il fait trop chaud non plus. Aujourd'hui par exemple, j'avais plusieurs rendez-vous. J'ai passé ma journée entre la voiture et les bureaux étouffants. Je peux t'assurer que ce n'était pas du tout idéal.

— Et c'était quoi tes rendez-vous ?

— Je suis allé visiter des restaurants et des hôtels, des gens susceptibles de nous acheter du vin.

— Et ça va marcher ?

— Je ne sais pas encore, c'est beaucoup trop tôt. Et puis tout cela prend du temps.

Victorien expliqua en détails à Priscillien les tenants et aboutissants de ses rendez-vous professionnels. Il lui raconta comment il avait réussi à faire affaire avec l'un des restaurants les plus renommés de la région. Il lui parla aussi du quotidien sur les terres du Château, du travail de la vigne à la mise en bouteille. Sa passion était communicative et Priscillien s'en imprégnait avec délectation. Puis, Victorien se tut, laissant un silence que tous les deux savourèrent tel un moment unique de complicité.

— Hum… Dis-moi ce que tu vois, reprit Priscillien.

C'était sa question phare et c'était devenu leur grand jeu. Priscillien demandait à Victorien ce qu'il voyait d'où il était, et Victorien décrivait précisément ce qu'il avait en face de lui. Ainsi, Priscillien avait la sensation d'être un peu plus proche de son frère. Ce jour-là encore, leur conversation n'échappa pas à la règle.

— Difficile à dire… il fait nuit noire et il n'y a pas de lune. Je vois la fenêtre de la chambre qui est juste devant moi. Elle fait comme un trou dans le mur du château. Il y a des rideaux rouges, épais et doux, tout autour de la fenêtre. Il fait très lourd et je pense qu'il va y avoir de l'orage. Quand je m'approche de la fenêtre je vois la nuit, partout. Si je me concentre et que mes yeux s'habituent au noir, je peux deviner l'allée de graviers blancs qui borde le château. Je peux même apercevoir les vignes un peu plus loin. Il n'y a pas de vent, alors les feuilles restent sages. Et puis un peu plus loin à gauche je peux voir le moulin. Tu sais, celui du père Pierrick. Je t'ai déjà raconté que j'allais y jouer quand j'étais petit. Il n'a plus que trois ailes et il n'est plus en état de fonctionner depuis longtemps mais il est toujours aussi magique. Sur la droite je ne vois plus rien, mais je sais qu'il y a des vignes à perte de vue. Je n'ai pas besoin de la lumière du jour pour savoir que c'est magnifique. Quand j'ouvre la fenêtre, le silence est partout. Les chiens et les oiseaux dorment. Les étoiles veillent sur eux. Il y en a des milliers. Et chaque soir je leur demande de veiller aussi sur toi petit frère.

Priscillien avait fermé les yeux sans même s'en apercevoir. Il avait quitté Martin et San Francisco pour rejoindre son frère dans leur Touraine natale. Quand Victorien cessa de parler, le silence s'installa. Puis ils échangèrent quelques paroles affreusement banales au regard de l'émotion qu'ils venaient de partager, et ils raccrochèrent à regrets.

Avant de rejoindre son ami, Priscillien resta posté devant la fenêtre du salon. Il contempla la pluie tomber sur tout le gris. Il se sentait triste. Parce que son frère lui manquait et parce qu'il rêvait du Château Saint-Maxence. Parce que le château Saint-Maxence était le symbole de sa famille. Le seul endroit qui le rattachait à ce père dont il ne se souviendrait jamais.

Ce jour-là, et avec toute la maturité que lui permettait son jeune âge, il décida que sa vie serait là-bas, près de ses racines, aux côtés de son frère. Et aussi que ce serait le meilleur endroit pour enfin percer le mystère qui flottait autour de la mort de son père.

Chapitre 12

Juin 2014

Elle avait beau essayer de se concentrer, rien n'y faisait. Pour tenter d'être un peu plus attentive à son travail, elle faisait son possible pour suivre le plus scrupuleusement possible une liste de tout ce qu'elle devait faire. Elle l'avait établie une heure après son arrivée au bureau, consciente que la journée allait être compliquée. Elle ne pensait qu'à la soirée et à la nuit qu'elle venait de passer avec Priscillien. Ils n'avaient pas beaucoup dormi, affamés de se découvrir l'un et l'autre. Elle avait fini par s'endormir, la tête posée sur l'épaule de Priscillien et les jambes emmêlées avec celles de son amant. Quand elle s'était réveillée, Priscillien dormait. Elle en avait profité pour l'observer, un peu gênée par ce qu'elle considérait presque comme une intrusion. Puis elle avait pris une douche, laissant la chaleur de l'eau effacer les traces de fatigue. Quand Priscillien s'était réveillé, elle était déjà habillée, prête à partir travailler car il était déjà tard. Ils avaient eu du mal à se quitter, et l'arrivée au bureau avait été assez brutale, comme un retour sans pitié à la réalité. Si elle avait dû décrire son humeur à ce moment-là, elle aurait dit qu'elle était heureuse. Fatiguée, et perturbée par un million de questions, mais profondément heureuse. Elle pouvait encore sentir l'odeur de la peau de Priscillien sur la sienne ainsi que ses caresses et la pression de ses mains sur son corps. Déjà, elle repensait à chaque instant de leur nuit.

Elle s'était évertuée à éviter de répondre aux questions de ses amies et collègues, Sophie et Clémentine, qui n'avaient pas manqué de remarquer son attitude un peu distraite. Elle ne voulait pas en parler. Pour le moment, son histoire avec Priscillien était son secret. Elle leur avait donné quelques détails de leur première soirée, mais sans jamais dire la vérité. Peut-être parce qu'il était fiancé à Caroline. Peut-être parce qu'elle avait un peu honte. A vrai dire, peu lui importait. Elle avait besoin de garder son bonheur sans le partager. Pour l'instant en tous cas.

A l'heure du déjeuner, elle prétexta le besoin de faire une course urgente pour s'isoler. Elle acheta un sandwich à la boulangerie et marcha le long de la Loire. Elle adorait les paysages que le fleuve offrait. Les bancs de sable qui reposaient paisiblement sous les courants violents de l'eau, les saules pleureurs malmenés par le vent, les quais en pierres inégales et bancales, les ponts gallo-romains qui rapprochaient férocement une rive de l'autre. Quand elle regardait la Loire, elle savait qu'elle était chez elle. Elle se laissait envahir par ce sentiment de puissance et de bouillonnement propice à toutes les volontés que lui inspirait le fleuve de son enfance. Et ce jour-là, peut-être encore plus que les autres, elle y fut particulièrement sensible, comme si des ailes avaient poussé dans son dos, comme si le vent lui autorisait toutes les folies de la terre. Et des folies, elle avait soudain l'envie irrépressible d'en faire. Elle qui avait été si sage jusqu'à présent, elle envisageait mille possibilités. Même si c'était complètement fou et surtout beaucoup trop prématuré, elle ne pouvait s'empêcher d'imaginer ce à quoi sa vie avec Priscillien pourrait ressembler. Partir avec lui, passer chacune de ses nuits dans ses bras, profiter de la vie, être elle-même, vibrer, danser chaque jour. Elle était consciente que penser à un avenir avec Priscillien était totalement insensé. Pourtant, elle ne pouvait pas faire autrement.

Elle appela Martin en début d'après-midi. Elle aima parler avec lui, pour la seule raison qu'il était l'ami de

Priscillien, ce qui lui donnait l'impression d'être un peu plus proche de lui. Martin ne fut pas surpris de son appel, ayant déjà été prévenu par Priscillien, et il lui réserva un accueil chaleureux et dynamique. Ils convinrent d'un rendez-vous trois jours plus tard autour d'un verre sur l'incontournable Place Plumereau de Tours. Elle pourrait ainsi lui exposer les détails du projet de l'Atelier des Arts ainsi que la manière dont elle envisageait sa participation. Martin lui dit que Priscillien lui avait déjà évoqué le projet dans les grandes lignes et qu'il était plutôt enthousiaste à l'idée d'y collaborer. Il avait l'air d'y croire et son carnet d'adresses pourrait donner à Alba un sérieux coup de pouce. Quand Alba raccrocha, elle avait le sourire aux lèvres. Sa conversation avec Martin lui avait remis du baume au cœur, la rassurant sur les possibilités qui promettaient maintenant de s'offrir à elle. Elle se remit au travail avec plus de motivation et dans l'idée de ne pas faire de vieux os au bureau ce soir-là. C'était simple, elle avait envie d'être seule pour pouvoir penser à sa guise à Priscillien. Alors ce soir, elle irait faire un peu de shopping pour se détendre et faire une overdose de rêves.

Chapitre 13

Juin 2014

Quatre jours plus tard, Alba se trouvait dans la coquette salle de l'Auberge du Roi, un peu tiraillée entre le plaisir d'être là, dans l'un de ses restaurants préférés, et l'envie de partir. Assis face à elle, Marc n'était pas étranger à son désir d'abréger la soirée. Pendant tout le repas, il s'était montré piquant et irrité, presque désagréable. Alba avait immédiatement pensé qu'il avait découvert sa liaison avec Priscillien, mais connaissant son mari, elle savait qu'il n'aurait pas manqué de mettre les pieds dans le plat dès le début de la soirée. Elle se demandait donc quelle pouvait bien être la raison de cette attitude à laquelle Marc ne l'avait pas habituée. Pour tenter de détendre l'atmosphère et d'instaurer une ambiance plus sereine, Alba lui posa des questions sur son travail, sujet à propos duquel il était toujours intarissable. Il y répondit sans s'attarder sur les détails, ce qui n'était pas tout-à-fait normal non plus. Quand elle lui demanda où en était le projet de son futur magasin avec l'acquisition du terrain tant attendu, elle le vit se crisper franchement et elle l'interrogea carrément sur la raison de sa réaction. Il ignora la remarque de sa femme, prétextant qu'elle se faisait des idées et qu'elle interprétait tout de travers. Il lui assura que le projet avançait et qu'il serait soulagé quand les travaux auraient enfin commencé. Elle n'insista pas plus, consciente qu'elle n'en obtiendrait pas davantage, enchaînant sur son sujet du moment, l'Atelier des Arts.

— Tu sais que j'ai finalement trouvé la star de mon Atelier ?

— Comment ça ? Interrogea Marc d'un air suspicieux.

— Tu te souviens que le Maire voulait que je trouve un artiste phare. Quelqu'un d'un peu connu, avec un carnet d'adresses bien fourni, capable d'attirer du public et des artistes. Et bien j'ai trouvé ! Il s'agit de Martin Bareil, le chorégraphe. Ça te dit quelque chose ?

— Oui. Je vois de qui il s'agit. C'est un beau nom de la scène contemporaine actuelle en effet. Mais comment as-tu fait pour le dénicher ?

Alba se sentit un peu mal à l'aise et elle répondit la première chose qui lui passa par la tête avec un air le plus naturel possible.

— J'ai eu ses coordonnées par le mari d'une autre artiste. Une peintre qui a déjà accepté de rejoindre l'Atelier. Martin est l'un de ses amis d'enfance, ce qui facilite nettement les choses.

— C'est qui cette peintre ? Lui demanda-t-il d'un air inquisiteur.

Pour avoir l'air plus sûre d'elle, Alba pensa à l'une des artistes qui avait effectivement approuvé le projet, même si elle n'avait absolument rien à voir avec Martin.

— C'est une jeune femme en plein essor. Elle est originaire de Toulouse. Elle peint des aquarelles magnifiques et elle s'est installée avec son mari dans la région depuis une dizaine d'années. Elle n'est pas connue mais elle a un avenir prometteur devant elle. En tous cas, nous misons beaucoup sur elle.

— Et pourquoi t'a-t-elle donné les coordonnées de ce chorégraphe ?

La discussion virait à l'interrogatoire et elle tenta de faire bonne figure.

— Lors d'une discussion parmi d'autres, je me suis un peu confiée à elle et je lui ai parlé de la pression que me mettait le Maire pour que je trouve un artiste de renom. Quand je lui ai fait part de mes difficultés à honorer cet objectif, elle m'a proposé d'en parler à son mari. Il a appelé Martin le soir même et j'ai eu un rendez-vous hier.

— Mais je croyais que tu avais rencontré Caroline Clarié au cocktail de l'autre soir ?

Alba sursauta presque.

— En fait non, je ne l'ai pas rencontrée. Le Maire a passé la soirée avec elle mais il n'en est rien ressorti.

— Et tu n'as pas essayé de l'appeler ?

— Bien-sûr que si, mais je n'ai pas réussi à la joindre et on m'a dit qu'elle n'était pas disponible et qu'elle me rappellerait.

— C'est quand même un peu bizarre tu ne trouves pas ? Et toi tu n'as pas insisté ?

— Heu… non…, répondit Alba un peu déstabilisée. L'assistante a été très claire sur le fait qu'on ne pouvait pas la déranger, alors je n'ai pas insisté.

Marc la regardait au fond des yeux, comme pour voir ce qu'il y avait dans le moindre recoin de son cerveau.

— Et puis Martin Bareil est une véritable pointure. J'ai de la chance d'avoir pu le convaincre.

— Et le Maire n'était pas trop déçu de ne pas avoir Caroline Clarié dans son répertoire d'artistes ?

— Non, au contraire. Il m'a félicitée. Au fond, je crois qu'il s'en fiche pas mal de quel artiste il s'agit tant que c'est quelqu'un de connu qui va lui apporter du public et de la notoriété. En tous cas je crois que cette histoire m'a fait remonter dans son estime.

— Tu auras au moins gagné ça, marmonna Marc d'une voix tellement atone qu'Alba n'entendit pas ce qu'il dit.

— Qu'est-ce que tu dis ? Lui demanda-t-elle.

— Rien, répondit-il sèchement.

C'est à ce moment-là que le téléphone d'Alba émit un son lui indiquant qu'elle venait de recevoir un message. Elle attrapa l'appareil dans son sac et elle eut un coup de chaud en découvrant que c'était Priscillien qui lui écrivait. Il lui proposait de se voir le samedi soir, Caroline ayant prévu de s'absenter pour un concert. Alors qu'elle s'apprêtait à lui répondre, elle sentit le besoin de se justifier afin d'éviter que Marc ait des soupçons.

— C'est Sophie. Elle me propose une soirée entre filles samedi.

Elle replongea sur son téléphone et commença à tapoter une réponse.

— Ah bon ? Vous allez faire quoi ?

— Je ne sais pas. Sans doute aller dîner en ville et prendre un verre ensuite. Et je dormirai chez elle.

Marc ne répondit pas, les yeux fixés sur Alba qui tentait de ne pas perdre la face. Elle rangea son téléphone dans son sac et but une gorgée de vin pour trouver le courage de regarder son mari. Il avait le regard dur et froid. Elle choisit de fuir.

— Bon, on y va ?

— Si tu veux, répondit-il d'un air las. Je vais payer directement au comptoir.

Il se leva et, sans attendre Alba, se dirigea vers la sortie. Alba respira un grand coup et prit tout son temps pour rassembler ses affaires et se lever. Avant de rejoindre Marc, elle eut le temps de se demander comment la situation allait évoluer et comment tout cela allait finir. Elle se demanda même si elle serait plus heureuse si Priscillien avait été à la place de Marc ce soir. Elle préféra ne pas trouver de réponse et elle suivit Marc sans un mot, un nœud à la place du ventre.

Chapitre 14

Juillet 1995

Monsieur Dupuy venait de quitter le Château Saint-Maxence enchanté par ses achats. Il était arrivé au Château un peu par hasard après avoir sillonné les bords de Loire pendant une bonne demi-journée. Comme chaque jour, son épouse avait tenu à profiter du spa de leur prestigieux hôtel, le laissant trouver une occupation qui pourrait lui convenir. C'est ainsi qu'il avait décidé de prendre la route et de découvrir la région et ses trésors. Arrivé au Château Saint-Maxence, il avait été accueilli par un jeune homme souriant et dynamique qui lui avait fait visiter le domaine, des vignes à la production. Il s'était intéressé de près à la vie du Château et il avait fini par signer un gros chèque pour repartir avec le coffre rempli de cartons de vin. Alors que la voiture s'éloignait, Victorien s'approcha de son frère.

— Je crois que tu pourrais vendre n'importe quoi à n'importe qui. C'est hallucinant ! Tu es vraiment doué. Et dire que tu n'as que seize ans. Ça promet !

Priscillien éclata de rire. C'est vrai qu'il savait y faire. Les visiteurs tombaient instantanément sous son charme. Il s'adaptait aux désirs des uns et des autres pour faire en sorte que les gens se sentent bien. Il usait de son charme naturel, de son charisme déjà incroyable pour un adolescent de seize ans. Il avait un sens acéré de la séduction, peu importe son public, et cela fonctionnait à chaque fois.

— Je ne sais pas si je suis doué, mais ce que je sais, c'est que ça me plaît !

— Et quand quelque chose nous plait, on est plus performant, c'est certain. Mais avec toi, c'est encore plus que ça. Tu es fait pour ce métier Priscillien, j'en suis persuadé.

— Possible. Je t'ai toujours dit que je viendrai habiter avec toi pour travailler ici. La production c'est ton domaine, et moi je m'occuperai de la vente. C'est plutôt bien non ? Et puis je sais que tu tiens à ce que le Château revienne dans la famille Saint-Maxence.

— Oui, c'est vrai. C'est important pour moi. Depuis la mort de Papa, même si Baptiste a fait tout ce qu'il pouvait pour le Château et qu'il a géré tout cela de manière très professionnelle, ce n'est pas la même chose. C'est important pour moi que le business soit géré par la famille. A moins d'un miracle, Maman ne voudra plus jamais remettre les pieds ici. Alors il n'y a que toi et moi. Pour ma part, mon choix est déjà fait, et depuis longtemps. Alors toi, rien ne t'astreint à t'installer ici pour de bon. Je ne veux surtout pas que tu te sentes obligé de le faire.

— Je ne me sens pas du tout obligé de revenir ici. J'en ai juste très envie. Tu te souviens quand j'étais petit et que tu m'appelais pour me raconter tes journées au Château ? Tu n'imagines pas comme ça me faisait rêver. J'avais l'impression d'être avec toi, c'était fou. D'ailleurs, quand je suis arrivé il y a trois semaines, je n'ai rien découvert du tout. J'ai tout de suite eu la sensation d'être chez moi.

Victorien sourit.

— Mais tu l'es Priscillien. Tu es chez toi ici.

— Je sais. Je suis tellement content que Maman m'ait autorisé à venir passer les vacances ici. Je sais qu'elle a beaucoup hésité et qu'elle a fini par dire oui pour me faire plaisir.

— Oui, elle m'en a beaucoup parlé. C'est difficile pour elle. Il y a trop de souvenirs ici. Trop de chagrin, trop de regrets.

— Hum… C'est quand même dommage. Elle est tellement grande cette maison. On aurait pu y vivre tous les trois.

— Sans doute oui, répondit Victorien un peu songeur. Mais c'est trop tard maintenant. Elle ne reviendra plus.

Priscillien se lança.

— Victorien, je voudrais que tu me dises ce que tu sais au sujet de la mort de papa.

— Je ne sais rien, je te l'ai déjà dit, répondit son frère du tac-au-tac.

Priscillien n'était pas du tout certain de le croire.

— De toute façon, si tu ne me dis rien, j'irai demander moi-même aux autres.

— Quels autres ? Lui demanda Victorien avec une pointe d'agressivité dans la voix.

— Les autres, tous les autres. Tous ceux qui habitent dans le coin depuis longtemps et qui étaient déjà ici au moment où Papa est mort.

— N'importe quoi ! Personne ne sait rien ! Qu'est-ce que tu crois ? Que tu vas réussir à leur soutirer des informations qu'ils avaient refusé de donner à la police il y a quinze ans ? C'est complètement utopique.

— Pas tant que ça, rétorqua Priscillien avec un air de défi.

— Qu'est-ce que tu sous-entends ?

— Figure-toi que je suis allé poser des questions au Père Pierrick.

— OK. Et je suis sûr qu'il ne t'a rien répondu.

— Et bien si, il m'a répondu. Il m'a même dit des choses très intéressantes.

Victorien le regarda avec des yeux ronds.

— Vraiment ? Et que t'a-t-il dit exactement ?

Priscillien botta en touche.

— Puisque tu ne veux rien me dire, je ne te dirai rien non plus.

— Mais je n'ai rien à te dire ! Tu m'énerves à la fin !

Priscillien était troublé. Victorien ne s'énervait jamais et cette attitude était très inhabituelle.

— Alors si tu n'as rien à me dire, pourquoi tu t'énerves ?

Victorien reprit son calme.

— Je ne m'énerve pas. Et un conseil, n'écoute pas trop le père Pierrick. C'est un vieux fou.

— J'écoute qui je veux.

Ils se turent tous les deux. Cette discussion avait jeté un froid. Ils étaient clairement mal à l'aise tous les deux et l'ambiance était devenue électrique. Bien-entendu, Priscillien était allé trouver le père Pierrick pour lui poser des questions. Et évidemment, l'autre n'avait rien voulu lui dire. Priscillien se demandait si réellement il ne savait rien ou s'il ne voulait tout simplement rien dire.

— Bien, soupira Victorien. La journée est loin d'être terminée. J'ai encore un million de choses à faire. Tu veux bien m'aider en passant le tracteur ? Je n'ai pas tondu depuis des lustres et on se croirait dans la jungle.

— OK. Je m'en occupe.

Bien qu'étant conscient d'avoir provoqué la discussion, Priscillien était soulagé de pouvoir y échapper. De plus, il appréciait le fait que Victorien le sollicite pour participer aux travaux du Château. Il disait oui à tout et ne rechignait devant aucune tâche. Il profitait de ce temps au Château pour apprendre. Ces quelques semaines lui avait déjà permis de confirmer son désir de s'installer ici plus tard pour de bon. Il en avait longuement parlé avec son frère à plusieurs reprises et Victorien était plus que partant. Priscillien aurait aimé poser ses valises au Château dès maintenant mais c'était encore beaucoup trop tôt. Il devait faire ses études et gagner encore un peu en maturité pour sauter le pas. Et puis Liz n'était sans doute pas encore prête à le laisser partir. Le désir de Victorien de reprendre la gestion du Château avait été tellement fort qu'elle n'avait pas pu aller contre. Elle était consciente qu'il en serait probablement de même pour Priscillien. Mais avant tout, elle exigerait de son fils cadet qu'il fasse des études et qu'il obtienne un diplôme. Après il pourrait faire ce qu'il voudrait.

Chapitre 15

Juin 2014

Contre toute attente, la terrasse de leur brasserie préférée était loin d'être bondée. Au contraire, elle était même tout-à-fait praticable, ce qui arrangeait bien Alba que des regards ou des oreilles trop intrusives auraient freinée dans ses confidences. Elle était installée sous les tilleuls depuis une heure et la présence de Sophie la rassurait. Même si elle n'était pas parfaite et que ses conseils étaient parfois un peu à côté de la plaque, elle était présente et bienveillante. Pour elle, rien n'était grave. Elle avait ce don de relativiser toutes les situations, même les plus improbables, ce qui était très utile pour Alba qui avait plutôt tendance à paniquer dès elle sortait du cadre. Et c'est vrai qu'en ce moment, les limites du cadre étaient largement franchies.

Elles avaient commencé leur discussion en douceur en échangeant autour de l'avancée du projet de l'Atelier des Arts. Alba était stressée par ce challenge et plus les délais raccourcissaient, plus la pression montait. Le rendez-vous avec Martin l'avait rassurée, mais elle craignait que ce ne soit pas suffisant aux yeux du Maire. Quand elle lui avait exposé les détails de l'accord convenu avec Martin, il avait montré beaucoup d'enthousiasme, ravi à l'idée de compter un artiste de sa trempe dans son projet. Il avait même félicité Alba, ce qui était plutôt rare dans la mesure où il réservait ses éloges aux exploits plutôt qu'à ce qu'il considérait comme de simples réussites. Bien-sûr, Alba en avait été flattée et elle était même presque fière d'elle. Mais maintenant que l'euphorie était retombée, elle avait laissé place à une légère angoisse en toile de fond. Sophie avait fait de son mieux pour rassurer son amie et Alba s'était finalement détendue, un verre de vin blanc lui ayant donné un petit coup de pouce. Sophie en avait profité pour se lancer sur un terrain plus glissant.

— Je vais être franche avec toi Alba, je te trouve bizarre en ce moment. Comme si tu étais ailleurs, préoccupée ou je ne sais quoi.

Alba soupira.

— Tu as raison. J'ai la tête ailleurs depuis quelques semaines.

Elle se tut et regarda Sophie dans les yeux. Le regard bienveillant de son amie la mit en confiance.

— Tu te souviens de Priscillien, le fiancé de Caroline Clarié ?

— Oui, bien-sûr. Je me souviens que tu devais aller prendre un verre avec lui et que depuis ce jour-là tu as soigneusement contourné nos questions.

— C'est vrai. Si je ne vous ai rien raconté, c'est que je ne suis pas très fière de moi.

— Tu as couché avec lui ?

— Oui. Et au-delà de ça, il se passe vraiment quelque chose de fort entre nous.

— C'est-à-dire ?

— Je pense tout le temps à lui. J'ai envie de le sentir près de moi, de partager plein de choses avec lui. J'en arrive même à m'imaginer une vie avec lui alors que je ne le connais que depuis quelques semaines. Ça ne me ressemble pas. J'ose plus, je sors de mon carcan. Je suis plus heureuse, Sophie.

— Je vois. Mais ce que tu me dis là est ta vision des choses. Sais-tu ce qu'il en est de son côté ?

— Je crois que c'est réciproque. En tous cas c'est l'impression qu'il donne. Mais c'est vrai que je me pose des questions. C'est le genre d'homme qui a toutes les femmes qu'il veut, qui a toujours le mot que tu veux entendre, qui sait te regarder et faire en sorte que tu te sentes plus belle. D'un côté je pense qu'il est sincère, mais d'un autre, je ne peux pas m'empêcher de me dire qu'il ne cherche qu'à me séduire.

— Si c'était le cas, il t'aurait laissée tomber dès la première nuit non ?

— Peut-être oui. Pour tout te dire, j'ai peur d'être en train de tomber amoureuse et de me faire avoir.

— Tu penses que tu es amoureuse de lui ?

— Honnêtement je ne sais pas. Et d'ailleurs, comment sait-on qu'on est amoureux ? Parce que l'autre nous manque plus que de raison ? Parce qu'on a envie d'être avec lui plus qu'avec n'importe qui d'autre ? Parce qu'on n'imagine plus notre vie sans lui ? Si c'est ça, oui, je suis amoureuse de lui. Mais si ça implique d'être prêt à remettre toute sa vie en question pour se consacrer à l'autre en étant certain que c'est la personne avec qui on finira ses jours, je répondrai que non.

— Je ne crois pas que la définition soit si extrême. Et puis je suis comme toi, je n'en sais rien moi non plus. Mais laisse-moi te poser une question. Où en es-tu avec Marc ?

Alba tourna la tête et laissa son regard se perdre dans les tilleuls un peu plus loin. Elle mit du temps avant de répondre.

— Je n'ai pas la réponse à cette question. Tu imagines bien qu'après vingt ans de mariage rien n'est comme avant. On s'entend toujours très bien. On est d'accord sur presque tout, on ne s'ennuie jamais ensemble et on a la même vision des choses, pour l'éducation des enfants comme pour le reste. A côté de ça, il n'y a évidemment plus beaucoup de passion. Mais n'est-ce pas le lot de tous les couples qui restent ensemble ? Rien n'a vraiment changé en somme. Il n'y a que depuis quelques jours que je le trouve un peu tendu. Il est parfois presque agressif et cela ne lui ressemble pas. Je me suis demandé s'il n'avait pas découvert ma liaison avec Priscillien ou s'il n'avait pas des doutes. Je ne pense pas que ce soit le cas car je le connais par cœur et je suis convaincue qu'il m'aurait carrément posé la question. Je ne sais pas ce qu'il a mais je ne pense pas que ce soit en lien avec moi. Il est très stressé par son travail et la perspective de la construction de son quatrième magasin l'angoisse clairement. Quoi qu'il en soit, je crois que rien n'a vraiment changé entre nous et je ne sais vraiment pas pourquoi Priscillien vient tout chambouler maintenant.

— Que chamboule-t-il exactement ?

— Mon équilibre pour commencer. J'ai une vie simple, bien rangée, sans surprise. Et elle me convient. Mais depuis que je le connais, ma vie est sans dessus dessous. Je perds mon cadre, mes repères. C'est compliqué. Et en même temps j'aime cette sensation d'être perdue, hors des habitudes. Cette impression de ne plus vraiment contrôler. C'est étonnant et perturbant. Et puis pour moi, la vie était toute tracée.

— "Était" ?

— Oui. Je commence à remettre beaucoup de choses en question, même si j'essaie de me freiner. Je ne peux pas m'empêcher de me projeter avec Priscillien, même si ça n'a aucun sens.

Ce fut au tour de Sophie de se taire quelques instants.

— Pour tout te dire, je pense que c'est beaucoup trop tôt pour te poser ce genre de questions. Tu le connais depuis très peu de temps. Vous passez de bons moments ensemble et c'est normal, vous en êtes aux prémices de votre relation. C'est la découverte, la passion. Il n'y a pas de contraintes, pas de quotidien. Tu parles de te projeter mais tu n'as aucune idée de ce à quoi pourrait ressembler la vie avec lui. En réalité, tu ne sais pas comment il est dans la vie de tous les jours. Tu ne le connais pas encore assez. Sauf que d'après ce que je vois, tu es déjà complètement accro.

Alba sourit.

— Tu as en partie raison. Mais il m'étonne aussi. Il a parfois un comportement un peu étrange.

— C'est-à-dire ?

— Je vois bien qu'il y a des sujets qu'il veut éviter. Quand je lui parle de certaines choses. De son passé par exemple.

— En même temps, tu es au courant des rumeurs qui courent au sujet de l'histoire de sa famille.

— Oui. Justement, ça m'intrigue. Et pour être franche, ça m'inquiète un peu aussi. Il ne parle jamais de son passé. Ou plutôt il ne veut clairement pas en parler. De sa vie aux Etats-Unis, de son enfance, de son retour en France. Je trouve ça vraiment étrange.

— Tu sais, d'après ce que j'ai entendu dire, sa vie a quand même assez mal commencé. Il a perdu son père quand il était tout petit. Je peux comprendre qu'il n'ait pas envie d'en parler.

— Oui, bien-sûr. Mais j'ai l'intuition qu'il y a autre chose. Mais je ne sais pas du tout quoi.

— Ca t'inquiète vraiment beaucoup ?

— Beaucoup non. Mais ça m'intrigue vraiment. Je n'ai sans doute aucune raison de m'inquiéter. Mais je ne peux pas m'empêcher de penser qu'il me cache quelque chose.

— Tu ne le connais pas depuis longtemps. Laisse-lui le temps de te faire complètement confiance. Avec le temps il te laissera peut-être entrer un peu plus dans sa vie.

— Sans doute. Tu dois avoir raison.

Elles se turent un moment. Puis Sophie reprit.

— Je te conseille de prendre ton temps. Pour le découvrir, le connaître mieux. Ne te mets pas de pression. Profite. Et fais ton possible pour être la plus objective possible, même si on sait que ce n'est pas le plus facile.

— Et continuer de tromper Marc ?

— Soyons claires Alba. Ce n'est pas moi qui t'ai poussée dans les bras de Priscillien, on est bien d'accord. Tu y es allée toute seule et tu n'as pas eu besoin d'encouragements. Au contraire, tu nous as plutôt caché les choses. Alors oui, je pourrais te dire que ce n'est pas bien, que tu es mariée, que tu as des enfants, que tu trahis ton mari. D'ailleurs ce ne serait que la vérité, parce que c'est ce que tu fais. Mais tu n'as pas besoin que je te le dise car tu le sais déjà.

Alba écoutait son amie sans dire un mot, la culpabilité au bord des lèvres.

— Je te connais, je sais que ta routine te plait et qu'elle est confortable. Je sais aussi que tu es curieuse d'autre chose. Nous en avons déjà parlé et j'ai vite compris qu'il te manquait de la surprise, de l'imprévu, de la découverte, du nouveau. Evidemment, cela peut sembler contradictoire, mais au fond, je trouve que c'est plutôt cohérent, ou logique plutôt. Après vingt ans d'une vie tranquille et sans beaucoup de surprises, cela me semble normal que tu sois tentée par la découverte d'autre chose. Et Priscillien te l'apporte sur un plateau. De l'aventure, du risque, du hors cadre. Des choses presqu'impensables pour toi il y a quelques semaines de cela.

Alba sourit.

— Alors tu as deux choix. Soit tu décides de préserver ton mariage et tu retournes à ta vie tranquille, à tes habitudes et à ton confort. Soit tu choisis de faire un bout de chemin avec Priscillien en vivant tout ce que tu as à vivre avec lui, tout en étant consciente du fait que tu n'as aucune idée de ce qu'il en ressortira. C'est ton choix, et personne ne peut le faire à ta place.

— Il est fait mon choix. A vrai dire, je ne le considère presque pas comme un choix tant j'ai l'impression de ne pas pouvoir faire autrement que de continuer à voir Priscillien. Tu as raison, je suis accro à lui. Je n'ai qu'une envie, c'est de le voir, de passer du temps avec lui, de le connaître encore mieux.

— Tu sais que tu prends un risque. Peut-être que quelque chose de beau t'attend, mais peut-être que ce sera très difficile, tu n'en sais rien. Quoi qu'il en soit, tu devras passer par des périodes qui seront des épreuves pour toi. Je pense que tu en es consciente.

— Oh oui…, soupira Alba. J'en suis plus que consciente. Je t'avoue que j'appréhende par avance cette période qui ne manquera pas d'arriver. Mais pour le moment, j'ai envie de profiter.

Sophie sourit à son amie et posa sa main sur la sienne.

— Je veux que tu saches que, quel que soit ton choix, je serai là. Je ne te jugerai jamais et je t'aiderai toujours du mieux que je le pourrai, quelle que soit ta décision.

— Merci. Vraiment. Je sais que je peux compter sur toi. Et ça m'aide beaucoup.

Alba hésita, puis se lança, presque timidement, un peu gênée de demander ce service à son amie.

— Et d'ailleurs, je dois passer la soirée avec Priscillien samedi. J'ai dit à Marc que je dormais chez toi.

Sophie sourit.

— Ah d'accord, je vois ! Bon, ne t'inquiète pas, si on me questionne je donnerai la bonne version.

Alba sourit péniblement, soulagée.

— Merci… Je suis assez mal à l'aise de te demander cela. J'ai l'impression de te forcer à être malhonnête.

— Mais non, ne t'en fais pas, ça n'a aucune importance. Tout ce que je veux, c'est que tu sois heureuse, d'accord ?

— D'accord. Merci Sophie. Tu n'imagines pas à quel point ça me fait du bien de parler de tout cela avec toi.

— Tant mieux. Je suis contente de voir à quel point tu rayonnes.

Alba rougit légèrement et offrit un sourire radieux à son amie.

— Je prendrais bien un petit dessert, annonça Sophie. Tu m'accompagnes ?

— Avec plaisir !

Elles ouvrirent la carte avec des yeux complices et gourmands.

Chapitre 16

Juin 2014

La pente se raidissait et la route commençait à monter sérieusement. Marc crachait ses poumons sur son vélo. Il adorait cette route qui serpentait le long du fleuve, offrant un magnifique spectacle de bouillonnements d'eau, de saules pleureurs et de bancs de sable. Elle traversait des petits villages dignes des plus belles cartes postales dans lesquelles on croisait des personnages qu'on aurait cru tout droit sortis d'un roman d'après-guerre. Marc aimait faire du vélo sur cette route qui le poussait dans ses limites au fil des montées et des descentes qu'elle lui imposait. Ce matin, il pédalait de toutes ses forces, presque avec rage. Il avait besoin d'évacuer. Son stress, sa frustration, ses silences, sa culpabilité mal placée. Il avait pédalé jusqu'à sentir son cœur battre dans ses tempes, lui coupant le souffle. Il avait transpiré à grosses gouttes, jusqu'à sentir la sueur dégouliner dans son dos. Le sport lui avait toujours permis de faire le tri dans ses idées. Etre seul, réfléchir, laisser les pensées tourner en rond, ne garder que les bonnes, celles qui font avancer.

Ce matin, il en avait besoin. La soirée de la veille lui avait permis de se confier, de partager ses doutes et ses angoisses. Mais se dépenser physiquement lui était tout aussi indispensable. La veille au soir, il avait rejoint son ami d'enfance avec qui il partageait de nombreux souvenir et en qui il avait une confiance absolue. Ils avaient bu quelques bières et fait griller des saucisses au barbecue. Marc était rapidement entré dans le cœur des deux sujets qui le préoccupaient : son travail et sa femme. Côté boulot, le projet de son quatrième magasin n'avançait pas vraiment. Cela faisait plus de deux mois qu'il avait trouvé le terrain de ses rêves et depuis, rien. Il attendait des nouvelles de la Mairie qui n'arrivaient pas. Pour les trois terrains précédents, les choses étaient allées plus vite. Il était impatient d'avancer sur le projet et il aurait aimé concrétiser rapidement la vente de ce terrain. D'autant plus que les congés d'été arrivaient et qu'il ne se passerait probablement pas grand-chose pendant quelques semaines. Pour avancer malgré tout, il avait commencé à faire travailler l'architecte sur les plans du magasin, mais il ne pouvait rien signer et rien affiner tant que la vente du terrain n'était pas effective. Et puis s'il voulait être prêt pour la prochaine saison estivale, il fallait que tout le projet avance rapidement. Quand il avait raconté à son ami l'histoire de son terrain, ce dernier s'était montré très étonné. Ils s'étaient interrogés quelques minutes pour finir par conclure que bien qu'habitant dans le coin depuis toujours ils ne devaient pas être au courant de tout mais que tout cela devait être normal. Bref, ces questions le taraudaient et surtout, alors qu'il était manager dans l'âme, il avait la sensation de ne pas contrôler grand-chose et d'être dépendant des autres. Et ce sentiment l'énervait au plus haut point. Il avait hâte que la vente du terrain soit bouclée pour pouvoir reprendre les rennes du projet.

Quant à sa femme, il savait maintenant à quoi s'en tenir et il avait expliqué à son ami la situation périlleuse dans laquelle il se trouvait et la décision qu'il avait prise. Loin de l'approuver, ce dernier avait eu du mal à comprendre les motivations de Marc. Il avait tenté de le raisonner, en vain. Marc était décidé, ses priorités étaient claires, et tant pis pour les dommages collatéraux qu'il risquait de provoquer. Cela dit, tout se passerait peut-être bien. Il allait régler les problèmes les uns après les autres. Et si tout se passait comme il l'avait prévu, tout rentrerait dans l'ordre au fur et à mesure. Il n'aurait plus qu'à profiter.

Chapitre 17

Février 2010

Il neigeait abondamment depuis le matin et l'aéroport Paris-Charles-De-Gaulle s'apprêtait à fermer en raison des conditions météorologiques désastreuses. Tandis que les derniers avions atterrissaient tant bien que mal au milieu d'épaisses rafales de neige, Victorien tentait de tromper son impatience et son inquiétude avec une tasse de chocolat chaud. Il avait toujours aimé la neige et il n'avait pas franchement eu l'occasion d'en voir en Californie. Alors depuis qu'il était en France, il en profitait davantage. Mais l'idée de devoir prendre la route dans ces conditions l'inquiétait, tout comme d'imaginer son frère balloté entre les bourrasques de neige, emprisonné dans la carlingue de l'avion qui le ramenait définitivement à ses racines. Priscillien l'avait appelé une semaine plus tôt, triste et perdu. Amanda venait de le quitter. Ils étaient ensemble depuis trois ans, et Priscillien était réellement amoureux d'elle. La raison de la rupture était simple et prévisible : elle avait découvert l'une des trop nombreuses aventures que Priscillien avec eues avec d'autres femmes. Pourtant, il aimait sincèrement Amanda. Cette jeune fille blonde au caractère affirmé l'avait immédiatement séduit. Il avait aimé son charme naturel, sa féminité tendrement exacerbée. Et elle, elle était évidemment tombée sous son charme. Quand Priscillien voulait une femme, il l'avait. Seulement voilà, comme à son habitude, l'envie de plaire et le besoin d'être aimé l'avaient rattrapé. Alors qu'il s'était pourtant juré de ne jamais le faire, il avait trompé Amanda une première fois. C'était au cours d'une soirée de travail à laquelle participaient de nombreux clients. Parmi eux figurait une belle italienne qui lui évoquait ces actrices pulpeuses du cinéma des années 60. Il était jeune, commercial dans l'âme, et donc beau parleur. Il lui avait fallu moins d'une soirée pour qu'elle succombe à ses avances. Sachant pertinemment à quoi s'en tenir, la belle ne s'était pas attardée, contrairement à la suivante qui avait tenté de s'accrocher à Priscillien, en vain. Cette femme plus âgée que lui, mariée à l'un de ses clients, avait fini par le menacer de révéler à son mari et à leurs connaissances professionnelles communes leur relation extra-conjugale. Il avait fallu à Priscillien beaucoup d'ingéniosité et de persuasion pour la dissuader d'en arriver là. C'était sa troisième aventure qui l'avait précipité vers la rupture. Monica était belle, élégante, puissante. Elle dirigeait d'une main de fer l'un des établissements dans lesquels Priscillien avait l'habitude de se rendre pour signer ses plus gros contrats. Il aimait ce restaurant clinquant et rempli de beau monde qui lui donnait plus d'importance. Avec Monica, ils s'étaient livrés tous les deux une guerre de séduction, jouant à celui qui cèderait le dernier. Monica avait perdu, ayant fini par s'abandonner avec délices dans les bras de Priscillien. Sauf qu'un beau jour, Amanda avait intercepté un message sur le téléphone de Priscillien qui n'avait pas pu nier quoi que ce soit au vu du contenu dudit message. Elle n'avait pas supporté sa trahison et n'avait bien-entendu pas pu comprendre comment il pouvait l'aimer et la tromper en même temps. Pour elle, l'amour était exclusif et incompatible avec d'autres histoires, quel que fut le peu d'importance que Priscillien leur avait accordé. Amanda lui avait demandé de quitter l'appartement au plus tôt et il avait fini par appeler Victorien pour tout lui raconter. Se gardant bien de juger son petit frère, Victorien l'avait patiemment écouté et avait finalement accédé à sa requête qui était, sans surprise, de venir s'installer chez lui, au Château Saint-Maxence. Victorien était très heureux à cette perspective, la seule réserve qu'il avait émise étant que Liz se retrouverait seule une fois ses deux fils de l'autre côté de l'Atlantique. Mais il y avait Alicia et le téléphone, et de toute façon, il y avait bien longtemps qu'elle ne se préoccupait plus vraiment de Priscillien. Ils se donnaient des nouvelles régulièrement et il venait déjeuner chez sa mère et sa tante environ un dimanche sur deux, mais les confidences et les moments de complicité n'étaient plus de mise depuis longtemps. Priscillien avait donc bouclé ses valises en moins de temps qu'il en fallait pour le dire. Il avait démissionné sans regrets, poussé par l'envie de mettre ses talents de commercial à l'épreuve du marché du vin français. Et maintenant, il était dans l'avion, prêt à atterrir sur le sol du pays qui l'avait vu naître.

Quand Priscillien franchit les portes automatiques de l'aérogare, il chercha son frère des yeux et dès qu'il l'aperçut, il se mit à courir vers lui. Il posa son gros sac-à-dos et serra Victorien très fort dans ses bras. Il ne l'avait pas vu depuis plusieurs mois et les appels ne parvenaient pas à combler ce manque. Victorien observa son frère. Il avait l'air fatigué, et pas seulement à cause de la durée du vol. Des cernes mangeaient ses joues, il avait l'air triste et il était pâle. La rupture avec Amanda n'avait pas dû être simple. Il connaissait les écarts de son frère et, malgré le fait qu'il ne les cautionnait en aucun cas, il faisait son possible pour soutenir Priscillien. Il avait toujours protégé son petit frère, de tout. Il avait tenté de le préserver du manque de leur père en jouant parfois son rôle. Il l'avait protégé tant bien que mal du chagrin de sa mère qui frisait parfois l'indifférence. Il l'avait écouté, consolé, conseillé aussi. Il avait essayé de lui apprendre l'essentiel et de lui transmettre les valeurs de leur famille. En résumé, il l'avait aidé à grandir en le faisant gagner petit à petit en indépendance. Mais cette fois-là, sans l'ombre d'un doute, son frère allait avoir besoin de lui.

***

Deux semaines après son arrivée, Priscillien avait repris du poil de la bête. Il s'était reposé et était enfin parvenu à récupérer de ses nuits californiennes sans sommeil. Au Château Saint-Maxence, le silence était roi. Il inspirait le calme, la douceur et le ressourcement. Les petits plats de Victorien l'avaient également aidé à retrouver le moral. Il aurait été très exagéré de dire qu'il était déprimé, mais sa rupture avec Amanda lui laissait un goût amer. Il l'avait sincèrement aimée, sans doute encore d'ailleurs. Pourtant il n'avait pas pu s'empêcher de prendre le risque de la faire souffrir et de la perdre. Il s'en voulait, tout en sachant pertinemment que si c'était à refaire il recommencerait. Tout cela lui semblait bien contradictoire et il avait décidé d'y penser le moins possible tout en se convainquant qu'il serait plus sage la prochaine fois.

Il avait également mis à profit ces quelques jours pour parler sérieusement avec son frère. Victorien connaissait les qualités relationnelles et commerciales de son frère ainsi que son amour du vin et de la terre. Il lui avait donc proposé de commencer par développer les ventes du Château Saint-Maxence. Victorien était beaucoup trop occupé par la production et la gestion du Château pour pouvoir accorder le temps nécessaire à la partie commerciale. Pourtant, le Château en avait besoin pour voir fleurir son potentiel. Victorien était convaincu que Priscillien était la personne qu'il fallait. Le Château Saint-Maxence pourrait constituer une première étape avant que Priscillien propose ses services à d'autres domaines commercialisant des produits complémentaires. Il s'était même montré très enthousiaste à cette idée. La vente était sans aucun doute son point fort et s'il avait l'opportunité d'exercer ses talents dans le secteur du vin, c'était idéal.

Avant d'attaquer la prospection sur le terrain, Priscillien avait proposé à son frère de remettre un peu d'ordre dans les papiers du Château. Victorien était un vrai célibataire, avec tous les aspects que cela pouvait laisser supposer. En grand gourmand qu'il avait toujours été, il était bon cuisinier. Il avait l'habitude de se concocter des petits plats pour lui seul et il adorait cuisiner. Maintenant que Priscillien vivait avec lui, il en profitait pour gâter son frère et lui préparer ses plats préférés. En revanche, le rangement n'était pas sa tasse de thé. Le désordre régnait en maître dans la grande bâtisse et il avait l'air de se complaire dans ce capharnaüm. Quand Priscillien avait voulu mettre la main sur le stock de fiches tarifaires en prévision de ses futures visites en clientèle, il était tombé sur une bonne douzaine de piles de feuilles écornées qui dormaient dans la bibliothèque du grand salon depuis plusieurs années. Il avait d'abord tenté de les ignorer pour pousser davantage ses investigations. Puis, comme il continuait à découvrir des documents éparpillés sans aucune logique un peu partout dans la maison, il décida qu'il était temps d'y mettre un peu d'ordre. Il connaissait bien son frère et il savait pertinemment qu'il serait vain de compter sur lui pour la partie administrative du Château. Il prit donc son courage à deux mains et rassembla tous les papiers qu'il avait pu trouver dans les coins et recoins de la grande bâtisse. Il passa deux jours entiers à trier, jeter, classer et ranger. Et puis, parmi les vieilles factures et les contrats datant pour certains de plus de vingt ans, il tomba sur un document qui l'intrigua. Il s'agissait d'une immense feuille de papier pliée en huit. Vu son état, elle devait être là depuis un certain nombre d'années. Quand Priscillien la déplia, il ne comprit pas de quoi il s'agissait. Il y avait des traits, des numéros, des couleurs, des petits carrés noirs le long de traits plus épais, une échelle tout en bas. On aurait dit un plan, ou quelque chose comme cela. Un encadré se trouvait en bas à gauche de la feuille, et on pouvait supposer qu'il s'agissait d'une légende. Mais l'encre s'en était allée avec le temps et le texte était quasiment illisible. On en distinguait cependant quelques mots que Priscillien déchiffra avec peine. Il parvint à distinguer les mots : plan de situation...... 1941-1945..... Saint-Ambroise-sur-Loire. Il se demanda quelle pouvait bien en être la signification d'autant plus que tout cela ne lui évoquait absolument rien. Il connaissait la commune de Saint-Ambroise-sur-Loire qui se trouvait à quelques kilomètres du Château mais cela ne l'aidait guère dans l'interprétation du document. La curiosité étant plus forte que tout, il décida d'en parler à son frère. Comme Victorien se trouvait dans l'une des parcelles de vignes les plus proches du château, il alla le chercher immédiatement.

— Victorien ? Cria-t-il pour se faire entendre de loin.

— Oui ? Répondit son frère en se retournant vers lui.

— Peux-tu venir s'il te plait ? Je voudrais avoir ton avis sur quelque chose.

— Ça ne peut pas attendre ?

— Non. Enfin si, mais j'aimerais vraiment que tu puisse voir ça.

— Bon ok. Laisse-moi cinq minutes et j'arrive.

— Merci.

Priscillien reprit le chemin de la maison en tentant tant bien que mal de contenir son impatience.

Quelques minutes plus tard, alors qu'il observait le document sous toutes ses coutures, Victorien apparut dans la pièce.

— Alors, de quoi s'agit-il ?

Priscillien déplaça la feuille sous les yeux de son frère.

— Je viens de trouver ça dans les papiers que je suis en train de trier. Sais-tu ce que c'est ?

Victorien se pencha sur la feuille et observa longuement les courbes et les carrés.

— On dirait un plan de carrières. Il y a pas mal de carrières d'extraction dans la région. Surtout du tuffeau. J'ai déjà vu des plans et celui-là leur ressemble fortement.

— Des carrières ? Mais pourquoi ce plan est-il dans nos papiers ?

— Aucune idée. Soit il s'est perdu là parmi tant d'autres choses à jeter, soit... Et bien je ne sais pas. Peut-être que ces carrières font partie du patrimoine familial. Après tout, c'est tout-à-fait possible.

— Alors dans ce cas, comment se fait-il que nous ne soyons pas au courant ?

— Je ne sais pas. Si c'est ça, vu les dates qui sont notées sur le plan, elles sont fermées depuis 70 ans.

— Hum.... C'est bizarre quand même.

— Bof, pas tant que ça. Ce genre de site est courant dans la région. Cela n'a rien d'exceptionnel. Et d'ailleurs, pourquoi tout cela t'intrigue-t-il tant ?

— Je trouve que c'est plutôt excitant non ?

Victorien éclata de rire.

— Excitant ? Je ne trouve pas. A mon avis c'est tout-à-fait banal. Mais si le cœur t'en dit, fais des recherches et tu verras bien de quoi il s'agit, même si je pense que tu ne vas rien d'apprendre d'extraordinaire.

— Hum, on verra bien. Je vais me renseigner.

— Très bien. Bon, et sinon, où en es-tu du tri des papiers ?

— J'avance bien. C'est un vrai casse-tête mais j'y vois plus clair au fur et à mesure.

— En tous cas heureusement que tu le fais parce que moi, ce n'est vraiment pas mon fort !

— Et bien disons qu'on se complète, répondit Priscillien dans un clin d'œil.

— Voilà, sourit son frère. Allez, je retourne aux vignes. On se retrouve pour déjeuner ?

— Oui. A tout-à-l'heure.

Victorien se dirigea vers l'extérieur et Priscillien reprit sa contemplation des plans. A la fois perplexe et intrigué, il était très curieux de savoir ce qui se cachait réellement derrière ces plans. Et vu sa persévérance naturelle, il n'allait pas tarder à le découvrir.

Chapitre 18

Juin 2014

Les yeux perdus dans le vague, Alba savourait la sensation du soleil sur ses épaules nues. Elle portait une robe légère au tissu fleuri et ses lunettes de soleil perchées sur le dessus de sa tête retenaient ses cheveux lâchés au vent. L'air était doux, tout comme ce dimanche matin suspendu au milieu du temps. Elle profitait de cet endroit paradisiaque qu'elle aurait cru ne rencontrer que dans les pages en papier glacé des magazines féminins. La terrasse était installée sous une pergola croulante de glycine odorante et décorée de guirlandes de fleurs de toutes les couleurs. Les tables rondes et les chaises en métal blanc étaient habilement installées, de manière à préserver l'intimité des hôtes. La longère typiquement tourangelle flirtait avec les bords de la Loire encaissée quelques mètres plus bas. La vue sur le fleuve était magnifique et le bruit de l'eau invitait à la détente. Attablée devant une assiette remplie de croissants et de fruits fraîchement coupés, Alba attendait que Priscillien revienne avec du café pour commencer son petit déjeuner. Elle en profitait pour songer aux souvenirs de la soirée et de la nuit qui venaient de s'écouler. Ils avaient dîné dans un restaurant tout simple d'un petit village éloigné de Tours afin d'éviter le risque de croiser une personne de leur entourage. Ils avaient ensuite profité d'une balade main dans la main au clair de lune le long de la Loire. Puis ils s'étaient rendus dans cet hôtel magnifiquement sauvage et typique de la région dans lequel ils n'avaient pas beaucoup dormi. Leur nuit avait été magique, émaillée de corps-à-corps à la fois doux et torrides, de discussions à n'en plus finir, de rires et de sourires, ainsi que de silences complices. Ils avaient fini par s'endormir, l'un contre l'autre, épuisés de partages et ivres de leurs étreintes.

Mais ce matin, Alba ne savait plus que penser. Profondément troublée par ce qui lui arrivait, elle oscillait entre l'immense bonheur des moments partagés avec son amant, la culpabilité de mettre son mariage en péril, et la peur de l'inconnu qui l'attendait. Elle avait désormais conscience que quoi qu'il arrive, l'avenir la ferait souffrir, et ceux qu'elle aimait avec. Elle savait qu'elle en était la seule responsable et elle savait aussi que, paradoxalement, si elle avait dû revenir en arrière, elle aurait refait les mêmes choix. Ce qui lui faisait le plus peur était qu'elle commençait à s'attacher pour de bon à Priscillien. Ils n'en étaient plus à la petite aventure qui ne compte pas comme c'est si souvent le cas. Elle avait conscience que cet attachement devenait dangereux et qu'il l'obligerait tôt ou tard à faire des choix douloureux. Mais voilà, elle était incapable de prendre la seule décision qui aurait été raisonnable, c'est-à-dire de mettre un terme à leur histoire.

Priscillien la rejoignit en souriant, armé de deux tasses de café brûlant qu'il posa sur la table. Il se pencha pour déposer sur les lèvres d'Alba un baiser délicat.

— Ça va mon amour ? Tu as l'air pensive.

Le cœur d'Alba sursauta. Elle ne s'était pas encore habituée à ce qu'il l'appelle "mon amour".

— Oui ça va, répondit-elle dans un sourire en lui prenant la main. J'ai passé une nuit magnifique avec toi et je suis un peu fatiguée.

— Moi aussi. C'était incroyable.

— Oui. C'est vrai. Et....

Alba laissa sa phrase en suspens.

— Et quoi ? Demanda doucement Priscillien.

— Et je m'attache à toi. Beaucoup. Trop sans doute.

— Moi aussi je me suis beaucoup attaché à toi. Avec toi c'est tellement différent de tout ce que j'ai connu jusque-là. Je n'avais pas prévu ça.

— Comment ça ?

— Je pensais que nous passerions de bons moments ensemble, qu'on en profiterait et que ça ne durerait pas. Comme c'est souvent le cas dans des histoires comme la nôtre.

— C'est quoi des histoires comme la nôtre ?

— Et bien des histoires où le mari trompe sa femme et où la femme trompe son mari. Des histoires où on n'est pas vraiment heureux sans être non plus malheureux. Des histoires où on va chercher un peu de bonheur ailleurs sans bien savoir pourquoi. Des histoires qui tournent court parce qu'on se rend vite compte que rien n'est possible parce qu'on n'a surtout pas envie de tout remettre en question.

— Sauf que notre histoire à nous est allée un peu plus loin...

— Voilà. C'est ça.

Un silence s'installa entre eux.

— Comment vois-tu la suite ? Hasarda Alba.

Priscillien soupira.

— Je ne sais pas. Et toi ?

Alba ne savait pas vraiment quoi répondre. Elle pensait pouvoir lui dire le fond de ses pensées tout en ayant peur de le brusquer. Elle marchait sur des œufs.

— Je tiens beaucoup à toi, vraiment. Et pour être honnête, je me pose des questions. Je n'imagine pas une seule seconde l'avenir sans toi, même si je n'ai aucune idée de ce à quoi il pourrait ressembler. Je ne suis pas en train de dire que je vais tout quitter pour toi mais je pense que je ne supporterais pas de ne plus te voir, de ne plus partager ces moments avec toi.

Priscillien ne répondit pas. Il avait soudain presque l'air malheureux et Alba n'osa pas lui demander pourquoi. Alors, pour éviter la lourdeur insidieuse du silence elle se remit à parler.

— Pour tout te dire je suis tiraillée entre la raison et l'envie. Je sais que ce que je fais n'est pas bien mais je suis incapable de décider de faire autrement. Je n'imagine pas une seule seconde que notre histoire puisse s'arrêter. Et en même temps je pense à ma famille et je ne peux pas concevoir de les trahir et de prendre le risque de tout remettre en question. Je suis face à un problème auquel il n'y a aucune solution.

— Bien-sûr que si, il y a des solutions, répondit Priscillien d'une vois rauque.

— Que veux-tu dire ?

— Tu le sais bien Alba. Le plus sage pour toi serait de me quitter. Tu es quelqu'un de droit, d'intègre, de profondément honnête. Cette situation ne te correspond pas, malgré tout ce que tu peux ressentir pour moi.

A cette seule perspective le sang d'Alba se glaçait petit-à-petit dans ses veines.

— C'est vrai que je me sens très mal à l'aise. J'irais même jusqu'à dire que je me sens presque sale. Mais je te le répète, décider de te quitter m'est impossible. Tu me corresponds tellement. Tout est si naturel avec toi. Si tu savais comme j'aurais aimé te rencontrer plus tôt...

— Moi aussi. Mais peut-être que tu n'aurais pas aimé la personne que j'étais.

Alba sourit.

— Je ne vois pas comment c'est possible.

— Je ne suis peut-être pas celui que tu crois Alba. Tu me connais depuis peu de temps et tu ne sais pas tout de moi.

— Je n'ai pas besoin de te connaître depuis des siècles pour savoir que tu es quelqu'un de bien et que tu es fait pour moi.

— Non. Tu n'en sais rien. Peut-être que dans quelques mois tes sentiments ne seront plus les mêmes. Peut-être que tu me verras différemment et que tu changeras d'avis sur moi.

Alba fut surprise par ses propos dont elle peinait à comprendre le sens.

— Pourquoi me dis-tu cela ? Il y a quelque chose que je devrais savoir ?

Priscillien la fixa quelques secondes dans les yeux. Elle y lut du désarroi, de la peine et du vide et elle ne comprit pas pourquoi. Puis il tourna son regard vers les remous de la Loire. Alba sentit son ventre se nouer et elle ne sut pas quoi dire. Elle baissa les yeux et serra sa tasse dans ses mains si fort que les articulations de ses doigts blanchirent.

— Que veux-tu dire Priscillien ? Finit-elle par avancer. J'ai l'impression que tu me caches quelque chose.

Il ne répondit pas, ce qui finit d'inquiéter Alba. Elle lâcha sa tasse et posa doucement sa main sur celle de Priscillien. Ce geste le fit réagir et il plongea à nouveau ses yeux dans les siens.

— Non ne t'en fais pas. Il n'y a rien. J'ai juste très peur de te décevoir.

— Mais pourquoi ?

— Pour rien. Laisse tomber. N'y pense plus.

— Comment ça n'y pense plus ? Avoue que ce que tu me dis est intriguant.

— Non. Vraiment non. S'il te plait oublie ce que je t'ai dit.

— Bien...

Alba se tut, le noeud dessinant de nouvelles boucles dans son ventre. Priscillien serra sa main très fort et lui sourit avec douceur. Mais du côté d'Alba le cœur n'y était plus.

Chapitre 19

Février 2013

Février déposait délicatement ses flocons cotonneux sur la pointe des arbres et la température avait plongé dans le négatif depuis plusieurs semaines. Pas de doute, l'hiver était bien là. Victorien aimait le climat de Touraine. La neige d'hiver et la lumière d'été. Le vent et les températures du cœur de l'hiver qui contrastaient avec les soirées d'été qui se terminaient en terrasse autour d'un verre de vin blanc. La vie était douce à Saint-Paul-sur-Loire. Simple. Calme. Evidente.

Priscillien habitait avec lui depuis déjà trois ans et il avait l'air heureux. Les ventes du Château avaient significativement progressé depuis qu'il avait pris en mains le développement commercial. Rien n'était dû au hasard car il avait travaillé d'arrache-pied pour trouver de nouveaux clients et développer le business déjà existant. Parallèlement à cela, il travaillait également pour d'autres domaines aux produits complémentaires à leur production familiale. Ainsi, il disposait d'un éventail complet de propositions pour satisfaire toutes les demandes de ses clients. Ce positionnement fonctionnait bien. Il avait du succès et les affaires marchaient bien. Au Château, Victorien s'occupait de tout ce qui touchait à la production et Priscillien de la commercialisation. Leur complicité s'était encore renforcée, tout comme leur amour de leur terre natale. Ils vivaient bien ensemble, partageant au-delà du travail des moments simples de discussions fraternelles.

A quarante-trois ans, Victorien n'avait pas trouvé l'âme-sœur, peut-être tout simplement parce qu'il ne la cherchait pas vraiment. Il avait régulièrement des aventures de quelques jours ou quelques mois, mais pas plus. Il semblait n'avoir aucune envie de s'engager dans quelque histoire sérieuse que ce soit. Sa vie lui convenait et il ne cherchait pas à y changer quoi que ce soit. Au début de leur cohabitation, Victorien s'était attaché à faire en sorte de changer les idées de Priscillien qui était ressorti pas mal amoché de son histoire avec Amanda. Il avait mis du temps à s'en remettre. Il était resté longtemps distant avec les femmes, comme s'il avait peur de se brûler. Et puis un beau jour, Victorien l'avait trainé à une soirée organisée par un client et il avait été bien inspiré car son frère y avait rencontré Caroline. Priscillien avait été attiré par son élégance discrète, sa délicatesse et son esprit cultivé. Caroline était une femme intelligente et spirituelle, au charme un peu désuet. Elle semblait sage et posée, ce qui correspondait exactement à ce dont il avait besoin à ce moment-là. Il lui avait fait la cour, délicatement et avec patience, ce qui avait plu à Caroline. Après plusieurs mois de relation idyllique, ils avaient fini par décider d'emménager ensemble au Château. Et puis, en rupture avec son image de femme discrète et conventionnelle, Caroline avait demandé Priscillien en mariage. Il avait accepté sans hésiter, convaincu que la vie auprès de sa pianiste serait douce et intéressante. Et elle l'avait été. Elle continuait d'ailleurs à l'être. Même quand les sirènes de l'infidélité avaient fini par le rattraper. Victorien n'appréciait pas les écarts de son frère mais il ne se permettait pas de lui reprocher quoi que ce soit. Il tenait à son équilibre, à sa vie telle qu'elle était. Pour cela, il faisait en sorte que Caroline n'apprenne pas les fantaisies de son mari et qu'elle se sente chez elle au Château. Il avait une autre crainte, celle que Priscillien reprenne son questionnement au sujet de la mort de leur père. Il n'avait plus posé de questions depuis un bon moment et Victorien espérait que son frère ait fini par se faire une raison, par comprendre que cela ne servirait à rien de continuer à chercher, qu'il n'apprendrait jamais rien. Et honnêtement, ça valait mieux pour tout le monde. Alors il évitait soigneusement le sujet, en ne parlant jamais du passé et en marchant sur des œufs quand il le fallait. La seule personne avec qui il pouvait partager son histoire était Maxime, son ami d'enfance. Maxime était au courant de tout, et il l'avait beaucoup aidé à l'époque. A son retour à Saint-Paul-sur-Loire, Victorien avait retrouvé son ami comme s'ils ne s'étaient jamais quittés, avec leur complicité et leur entente parfaite. Il avait aussi retrouvé son autre ami d'enfance, le troisième larron de leur trio de toujours. Avec lui c'était un peu différent. Ils évitaient le sujet délicat qui les avait séparés, mais la joie de se voir et de partager de bons moments entre hommes était toujours là. Ce soir-là, ils se voyaient justement tous les trois. Ils avaient prévu un dîner au restaurant, en centre-ville de Tours. Ils y avaient leurs habitudes. Ils dégustaient des spécialités locales et refaisaient le monde avec le patron jusque tard dans la soirée.

Oui, Victorien tenait à sa vie. Et il faisait ce qu'il fallait pour qu'elle soit préservée.

Mais le bonheur était fragile. Le passé et l'avenir allaient se charger de leur démontrer à tous que l'équilibre de toute une vie pouvait se trouver bouleversé en quelques secondes...

Chapitre 20

Juillet 2014

La journée trainait en longueur malgré les bonnes nouvelles qui avaient fini par faire grandir le projet d'Alba. L'Atelier des Arts était maintenant officiellement doté d'un parrain de renom. En effet, Alba avait fini par conclure un accord plus que satisfaisant avec Martin. Le Maire était ravi et il l'avait chaleureusement félicitée. L'objectif était donc pratiquement atteint, ne restant plus que quelques détails techniques et logistiques à régler avant l'inauguration qui était prévue pour la rentrée de septembre. D'ici là les ouvriers procéderaient aux finitions concernant les travaux intérieurs et le décorateur se chargerait de l'aménagement. Alba avait hâte de voir le résultat final. Elle avait tellement travaillé sur ce projet. Elle lui avait donné tant de temps et d'énergie. Elle méritait bien que ce soit un succès.

Entre deux coups de fil elle consultait fébrilement son téléphone, espérant sans fin quelques mots de Priscillien. Depuis leur dernière nuit, et surtout depuis leur discussion tendue du lendemain matin, ils ne s'étaient pas revus. Deux semaines s'étaient écoulées et Priscillien avait été très pris par d'importants rendez-vous professionnels. De son côté, Alba avait adopté un comportement plus sage et somme toute plus normal. Marc n'avait pas eu à s'éloigner de la Touraine pendant la semaine passée et elle avait tenté de retrouver un semblant de sa vie d'avant. Elle avait fait des efforts pour passer du temps avec son mari, pour parler avec lui de tout et de rien comme ils en avaient toujours eu l'habitude. Mais c'était compliqué. Priscillien était toujours entre eux et Marc avait un comportement étrange. Encore une fois elle se demanda s'il n'avait pas découvert sa liaison tout en étant persuadée que si cela avait été le cas il n'aurait pas attendu pour lui en parler avec force et véhémence. Elle ne comprenait pas ce qu'il se passait et se dit que la pression qu'il subissait au travail devait largement participer à cette attitude inhabituelle. Pourtant il n'en parlait pas. Il l'avait plutôt habituée à partager avec elle ses réussites et ses doutes. Cette fois, il ne parlait de rien et elle n'insistait pas, respectant la réserve de son mari sans trop savoir pourquoi.

Malgré ses efforts pour retrouver des bribes de sa vie, elle était happée par ses pensées pour Priscillien. Elle avait fini par se confier à nouveau à Sophie et elle lui avait tout raconté. Son bonheur. Ses peines. Ses doutes. Ses angoisses. Ses grandes joies aussi. Et ses espoirs. Car bien que perdue, elle continuait d'espérer. Espérer quoi ? Elle ne le savait pas vraiment. Que la situation s'éclaircisse d'elle-même sûrement. Il lui était difficile d'y faire face et d'assumer. Pourtant, elle était incapable d'envisager quelque décision que ce soit.

En fin d'après-midi, la sonnerie du téléphone finit par la tirer de sa torpeur. Et c'était plutôt pour une bonne nouvelle. Il s'agissait de la réponse à l'une des nombreuses demandes adressées à des artistes sélectionnés pour l'Atelier des Arts. C'était un violoniste Tchèque qui connaissait un succès grandissant dans son pays depuis plusieurs mois. Elle l'avait identifié au cours de ses nombreuses recherches et elle était finalement tombée sous le charme de son talent. Elle n'en revenait pas qu'il l'appelle pour lui proposer de se rencontrer. Il vivait loin de la Touraine et il n'envisageait pas de se rapprocher, mais il lui proposait d'organiser un premier concert pour commencer et il pensait même passer un peu de temps avec les élèves de l'Atelier afin de leur apprendre quelques astuces du maniement de l'archer. Elle était aux anges, emballée par la proposition. Quand il lui suggéra de venir le rencontrer à Prague pour lui faire découvrir son univers en même temps qu'ils feraient connaissance, elle accepta. Elle se dit qu'elle avait maintenant des arguments à son avantage qui lui permettraient de négocier le budget avec le Maire. Elle raccrocha, ravie, et dès qu'elle eut posé le combiné, elle attrapa son portable, une idée derrière la tête. Priscillien décrocha à la deuxième sonnerie.

— Alba ! Je suis vraiment heureux de t'entendre.

— Moi aussi. Tu m'as manqué.

— Toi aussi tu m'as manqué. Mais j'ai tellement de travail en ce moment. C'est un enfer. Et toi, comment tu vas ?

— Ça va.

Elle respira un grand coup.

— Écoute, j'ai une proposition à te faire.

Elle lui parla de Prague et de la proposition du violoniste, de son envie de partager ce moment avec lui et de sa joie à l'idée de découvrir la ville ensemble. Il accepta immédiatement. Il lui assura qu'il se débrouillerait pour déplacer les rendez-vous qui étaient déjà planifiés. Il semblait très heureux lui aussi, la tension de leur dernière discussion envolée comme par magie.

Quand Alba raccrocha, elle avait complètement retrouvé le sourire.

Deux heures plus tard Alba poussa la porte de sa maison le cœur léger. Mais sa bonne humeur tourna court quand elle découvrir Marc installé dans le salon. Il était relativement tôt et il n'avait pas pour habitude de rentrer du travail à cette heure-là. Elle remarqua immédiatement les cheveux hirsutes de son mari, la chemise sortie du pantalon et surtout les quatre bouteilles de bière vides qui trônaient devant lui sur la table basse. Elle comprit que cela n'augurait rien de bon.

— Tu es déjà rentré ? Demanda-t-elle d'un air le plus naturel possible.

— Comme tu vois..., répondit-il d'une voix atone.

— Mais que se passe-t-il ?

Il leva les yeux vers elle et la dévisagea comme si c'était la première fois qu'il la voyait.

— Rien.

— Comment ça rien ? Il est à peine 19 heures et tu as déjà pas mal bu. Cela ne t'arrive jamais.

— Et alors ? On a le droit de changer nos habitudes non ? C'est pas toi qui me reprochais d'avoir une vie trop banale il y a quelques semaines ?

— Arrête, je n'ai jamais dit ça.

— Bien-sûr que si, c'est ce que tu as dit.

Il la regarda droit dans les yeux.

— Et maintenant, elle est moins banale ta vie ?

Alba reçut la question comme une gifle.

— Qu'est-ce que tu veux dire ?

Marc sourit d'un air désabusé. A cet instant, Alba fut presque convaincue qu'il avait découvert sa liaison avec Priscillien.

— Rien. Laisse tomber.

Il prit la télécommande de la télévision et alluma l'écran pour regarder des clips sans vraiment les voir. Alba resta plantée à côté de lui quelques secondes sans trop savoir quoi faire. Puis elle retourna dans l'entrée pour ranger son sac dans le placard. Elle retira ses chaussures et massa ses pieds gonflés par la chaleur. Elle se rendit à la cuisine pour se servir un verre d'eau fraîche et elle respira un grand coup avant de retourner au salon annoncer à Marc qu'elle devait se rendre à Prague six jours plus tard. A l'évidence, il n'était pas dans de bonnes dispositions. Mais il fallait bien le lui dire et plus vite ce serait fait, plus vite elle serait débarrassée.

— Marc ?

— Quoi ?

— J'ai reçu aujourd'hui un coup de téléphone d'un violoniste Tchèque que j'avais sollicité il y a quelques mois. Il est d'accord pour faire des concerts et donner quelques cours à l'Atelier. Il m'a proposé d'aller le rencontrer à Prague. On s'est mis d'accord pour que j'y aille mercredi prochain. Ça ne te pose pas de problème ?

Une nouvelle fois, Marc la regarda droit dans les yeux. Son regard avait quelque chose qu'Alba avait du mal à saisir. Elle se sentait comme mise à nu et c'était désagréable autant que déstabilisant.

— A Prague ? Répéta-t-il songeur. Et tu y vas seule ?

— Bien-sûr que oui j'y vais seule.

— Bien.

Un silence lourd s'installa entre eux. Puis Marc reprit.

— Tu es vraiment obligée d'y aller ?

Il avait posé la question d'un ton triste et résigné.

— Non je ne suis pas obligée d'y aller, mais c'est mieux. Il faut de toute façon que je le rencontre et l'opportunité qu'il me propose est intéressante. Il m'a dit qu'il me ferait visiter son salon de musique qui est devenu un mythe à Prague, et je pourrai aller le voir en représentation à l'Opéra. Au-delà de mes besoins pour l'Atelier c'est une vraie chance pour moi.

— Je vois. Et... je pourrais venir avec toi non ?

Alba blêmit.

— Oui, tu pourrais. Parce que tu as envie de venir ? Demanda-t-elle avec appréhension.

Marc lui adressa un sourire narquois. Il attendit un peu pour lui répondre, prenant plaisir à la faire mariner.

— Non. T'en fais pas vas, je n'ai ni le temps ni l'envie de venir. Tu vas pouvoir partir tranquille et t'éclater toute seule. Ou pas d'ailleurs.

Alba fut piquée au vif.

— Pourquoi est-ce que tu dis ça ? Je t'ai dit que tu pouvais venir ! Et qu'est-ce que tu sous-entends à la fin ?

— Rien ! Répondit-il sèchement. Laisse tomber.

Alba bouillonnait de l'intérieur. Elle tentait de se maîtriser à mesure qu'elle sentait la température de son corps grimper. Elle choisit de ne pas répondre, ce qui lui demanda un bel effort. Elle se contenta de tourner les talons pour rejoindre leur chambre à l'étage. Elle avait besoin de calme.

Elle s'assit sur le lit et posa ses mains sur ses genoux. Elle se força à respirer le plus calmement possible. Dans sa tête, les pensées fusaient. Depuis qu'elle avait fait la connaissance de Priscillien, elle vivait des moments passionnés qui la rendaient infiniment heureuse. Elle ne regrettait rien. Même si c'était amoral et même si elle était un peu perdue. Et même si la vie devenait plus compliquée... Elle avait maintenant conscience que la situation ne pourrait pas s'éterniser ainsi. Marc avait un comportement très étrange et elle ne comprenait pas pourquoi. Elle était persuadée qu'il lui cachait quelque chose. Les non-dits commençaient à peser lourd. Elle n'était pas certaine qu'elle pourrait le supporter très longtemps.

Après de longues minutes de réflexion, immobile et sereine, elle décida qu'après sa parenthèse pragoise elle prendrait son avenir en mains. Elle n'avait aucune idée de la direction qu'elle choisirait mais elle était consciente qu'elle devrait le faire rapidement. Et pour le moment, elle n'avait pas la moindre idée de ce que l'avenir lui réservait. Et si elle l'avait su, elle aurait probablement changé d'avis sur pas mal de choses...

Chapitre 21

Février 2013

Un choc, d'une violence inouïe. Un bruit qui faisait croire à l'enfer. Des éclats de verre, de métal. L'instant présent sans dessus-dessous. Du sang. Des cris. De la fumée qui cachait le soleil. Le visage sur le sol, un peu plus loin. Le temps de sentir les larmes. Puis ne plus rien sentir du tout.

Une vie volée.

Des rêves envolés.

***

Arraché à son sommeil, Priscillien mit quelques minutes à réaliser que les bruits qu'il croyait avoir rêvés étaient bien réels et provenaient du rez-de-chaussée. Vêtu d'un caleçon, il enfila un pull à même sa peau nue pour descendre en trombe l'escalier en pierre du Château. Qui pouvait bien frapper à la porte à cette heure-ci ? Mal réveillé, il mit du temps à trouver les clefs et à déverrouiller la porte. Quand il découvrit Maxime et ses yeux rouges, il comprit qu'un drame venait de se produire.

***

Une semaine plus tard, Priscillien pleurait toujours. La neige qui avait tué son frère s'accrochait désespérément à l'hiver et il était maintenant clair qu'il la détesterait pour toujours. Effondrée par le deuxième drame insurmontable de sa vie, Liz avait été incapable de traverser l'Atlantique pour enterrer son fils. C'était la fois de trop et elle ne s'en remettrait probablement jamais. Par deux fois, la vie avait fait voler en éclats leur famille. Plus que son frère, Priscillien venait de perdre son meilleur ami, son confident, son autre, le miroir de lui-même. Il n'avait aucune idée de la manière dont il allait pouvoir continuer sans lui.

Le temps s'était arrêté depuis que Maxime était venu lui annoncer que Victorien venait de perdre la vie dans un stupide accident de la route. Il était parti tôt ce matin-là. Les routes étaient glissantes, la visibilité mauvaise, et l'humidité de la Loire avait dessiné de fines plaques de verglas. La voiture de Victorien avait fini à l'envers, visiblement comme conséquence d'une perte de contrôle due à la météo. Le verdict des secouristes avait été sans appel : Victorien était mort sur le coup. La police avait été dépêchée sur les lieux et c'est Maxime, le chef de la brigade locale et l'ami de toujours de Victorien, qui avait souhaité se charger de l'annonce de la terrible nouvelle. Il savait l'impact qu'aurait cette annonce auprès de Priscillien et il ne s'était pas trompé. Priscillien était d'abord resté sans aucune réaction, fixant Maxime droit dans les yeux. Ce dernier aurait été bien incapable de dire combien de temps ils étaient restés ainsi, face-à-face. Et puis Priscillien avait fini par se retourner, lentement, pour faire un pas, puis un autre. C'est au troisième qu'il s'était écroulé sur le marbre de l'entrée, terrassé de douleur. Maxime l'avait relevé et l'avait porté jusqu'au salon où il l'avait allongé sur le canapé. Comme Caroline était à l'étranger pour quelques jours à l'occasion d'un concert, il n'avait pas voulu le laisser seul. Il lui avait préparé du café et était resté près de lui de longues heures durant, sans vraiment parler, juste pour être là, malgré sa propre peine. Au milieu de l'après-midi, Priscillien avait enfin trouvé le courage de faire ce qui serait le plus abominable : prévenir sa mère. En effet, le moment avait été atroce et il préférait ne pas y repenser. L'enterrement avait été une autre épreuve terrible. Victorien était très apprécié dans la région. Beaucoup de monde s'était déplacé et dire adieu à son frère avait constitué sans aucun doute le moment le plus difficile de toute sa vie.

Se posaient maintenant les questions purement administratives qui réveillaient la douleur. Heureusement le notaire, un ancien ami de leur père, connaissait la situation du Château sur le bout des doigts. Il avait néanmoins besoin de nombreux documents, dont certains que Priscillien ne savait pas où trouver. Armé de la liste établie par le notaire, Priscillien se lança à la recherche des papiers demandés. Au bout de quelques heures il en avait déjà trouvé une bonne partie. Remuer tout cette paperasse était douloureux car cela le renvoyait au souvenir de son frère. Il aurait volontiers arrêté mais il lui manquait encore des pièces essentielles. Il fouilla partout, retourna les dossiers les uns après les autres, ouvrit les enveloppes oubliées. Et puis, au fond d'un classeur qui sentait l'humidité, il découvrit une pochette transparente remplie de vieux extraits de journaux. Par curiosité, il les déplia. Les titres étaient éloquents : « Un noyé à Saint-Paul-sur-Loire », « Mort en héros », « Noyade tragique à Saint-Paul-sur-Loire ». Il lut les articles et s'attarda sur la date : 3 avril 1980. Son sang se glaça. Il avait compris.

***

Le lendemain, Priscillien faisait les cent pas dans le bureau de Maxime qui avait bien du mal à dire non à son ami, surtout après tout ce qu'il venait de vivre.

— Tu te rends compte de ce que tu me demandes Priscillien ? Lui demanda-t-il en criant presque.

— Bien-sûr que oui je m'en rends compte. Qu'est-ce que tu crois ? Que je suis inconscient ? J'ai bien réfléchi. Je veux ce nom.

— Bien réfléchi ? Comment peux-tu avoir réfléchi ? Tu as trouvé ces articles hier !

— J'ai eu toute la nuit pour y penser figure-toi. Il s'agit de ma famille et je veux savoir.

— Et pour quoi faire ? A quoi ça va te servir ?

— A comprendre. A savoir. A rendre plus réelles les choses. Je sais pas moi !

— Evidemment que non tu ne sais pas. C'est de la curiosité c'est tout. Et de la curiosité malsaine. Ca ne changera rien à ta vie et ça ne te ramènera personne.

— J'en suis conscient. Mais comprends-moi, quand j'ai perdu mon père, toute la vie de la famille a basculé. Je ne me souviens même pas de lui. Tout ce que je sais, c'est que cet accident a tout cassé. Ma mère a basculé dans la dépression et tout est parti en vrille. Ma vie s'est construite là-dessus. Autant te dire que c'est sacrément bancal. Alors si je peux ne serait-ce que reconstituer une partie du puzzle, je crois que ça m'apportera un peu de paix.

— Je comprends. Mais pour moi c'est délicat. C'est une information que je ne suis pas censé divulguer.

— Oh arrête. Tu sais très bien que si je cherche un peu, si j'interroge les voisins et les gens aux alentours, il y en a bien qui doivent s'en souvenir et qui me le diront sans faire de chichis. Si je te le demande, c'est pour gagner du temps et ne pas m'enquiquiner à le demander à des gens que je connais à peine.

— Non Priscillien, personne ne te dira jamais rien, tu le sais. Je crois que tu as déjà essayé d'ailleurs. Et déontologiquement, ça me pose problème.

— Mais tu t'en fiches ! Personne ne le saura jamais. Et puis ce n'est pas comme si tu étais le seul à pouvoir me donner l'info. Tu sais que je peux l'avoir si je cherche vraiment.

Maxime se tut, ne trouvant rien à répondre à cela. Il était vrai que si Priscillien se mettait à chercher sérieusement il aurait vite fait de découvrir la vérité.

Priscillien observa Maxime. Visiblement, il hésitait.

— Quoi ? Qu'est-ce qu'il y a ? L'interrogea-t-il, comprenant que son ami ne lui avait pas tout dit.

Après quelques secondes qui semblèrent durer une éternité, Maxime se lança.

— La vérité c'est que je ne peux rien te dire, répondit-il doucement. Ton frère m'avait fait promettre de ne jamais t'en parler.

— Mon frère ? Cria presque Priscillien. Mais qu'est-ce qu'il vient faire là-dedans ?

Maxime était visiblement très mal à l'aise.

— Je ne peux rien te dire Priscillien. Je suis désolé.

Priscillien explosa.

— Mais tu te fous de moi Maxime ! C'est pas possible ! Ca fait des années que je cherche à comprendre ce qu'il s'est passé ce jour-là. Je découvre enfin un bout de l'histoire, je crois avoir compris et toi tu me parles de mon frère ? Mais c'est quoi le rapport ? C'est quoi ces salades ?

— Je te l'ai dit, je ne peux pas t'en parler. J'avais promis à Victorien.

— Mais il est mort Victorien !

Cette fois, il criait pour de bon.

— Il est mort ! Mort ! Mort ! Explosa-t-il, la voix étranglée de sanglots coincés au fond de sa gorge. Tu ne comprends pas ? Je ne le verrai plus ! Et toi non plus ! Il est dans une putain de boite au fond d'un trou ! C'est fini ! Terminé ! C'est déjà suffisamment dur pour moi tu ne crois pas ? Alors ta promesse à la con, tu peux l'oublier. Il s'en fout de là où il est !

Maxime avait les larmes aux yeux. Il se sentait de plus en plus mal. En plus de la douleur d'avoir perdu son ami d'enfance dans des circonstances aussi tragiques, il ne supportait pas de faire de la peine à Priscillien. Il ressentait le désespoir de Priscillien et comprenait ses interrogations. Il était face à un véritable cas de conscience. C'était compliqué. Résister à la pression que lui mettait Priscillien ou trahir le secret de son ami disparu. Face à lui, Priscillien était rouge et faisait visiblement tous les efforts du monde pour se contenir. Maxime se mordait l'intérieur des joues pour parvenir à garder le silence.

— S'il te plait Maxime, demanda Priscillien plus calmement. Tu me connais, je ne vais pas aller lui tirer une balle dans la tête, tu le sais.

148

— Evidemment que je le sais. Ce n'est pas ce dont j'ai peur. Mais je me demande à quoi ça va te servir. Et je n'ai pas envie que tu te fasses du mal pour rien.

— C'est juste pour savoir. Juste pour le principe. Je ne le connais pas ce type. Alors ça ne changera rien.

Priscillien fut soudain pris d'un doute.

— Maxime, rassure-moi, je ne le connais pas hein ?

— Non, tu ne le connais pas.

Il se tut, comme pour s'empêcher de dire quelque chose qu'il pourrait regretter par la suite. Mais ses yeux en disaient long. Tout comme son attitude un peu gauche qui trahissait son malaise. Les secondes s'éternisaient.

Puis, contre toute attente, il ajouta, presque dans un murmure :

— Tu ne le connais pas non. Mais Victorien oui. Victorien le connaissait.

C'était trop tard, il venait de céder.

Chapitre 22

Juillet 2014

Le cœur léger, Alba chantonnait tout en attrapant des vêtements qu'elle fourrait à la hâte dans sa valise. Elle ne réfléchissait pas à ce qu'elle prenait, plus que distraite à la seule idée qu'elle allait retrouver Priscillien à la gare TGV dans une heure. Elle avait cent fois imaginé le déroulé de leurs trois jours à Prague. Elle avait hâte de découvrir Priscillien dans un autre univers, de profiter de moments hors du temps avec lui. Ces quelques jours constituaient une occasion unique de le découvrir encore plus. Elle n'en pouvait plus d'attendre le moment où elle le retrouverait.

Marc était parti travailler sans vraiment lui avoir adressé la parole le matin. Il s'était levé tôt et Alba l'avait simplement croisé au moment où il s'apprêtait à sortir de la maison. Il lui avait souhaité bon voyage du bout des lèvres et s'était retourné pour quitter la maison à la hâte. Elle ne comprenait toujours pas la raison de ce comportement étrange. Elle avait essayé de le questionner mais il s'était refermé comme une huitre à chaque fois.

Alors qu'elle hésitait entre deux paires de chaussures, son téléphone portable sonna. C'était Priscillien.

— Priscillien ? Ca va ?

— Oui, ça va, répondit-il d'un ton hésitant.

— Tu es sûr ?

Un lourd silence lui répondit.

— Priscillien ? Que se passe-t-il ?

— Rien de grave, ne t'inquiète pas. Mais j'un un problème au boulot que je dois absolument régler.

— Quel genre de problème ?

— Un problème avec un client. C'est urgent. Il faut que je m'en occupe.

Il avait l'air très mal à l'aise, ce qui étonna beaucoup Alba.

— Et donc, pourquoi tu m'appelles ?

— Parce que... Ecoute Alba, je ne vais pas pouvoir venir avec toi à Prague.

Le sang d'Alba se glaça douloureusement pendant qu'une boule se mit à serrer son ventre.

— Comment ça ? Parvint-elle à articuler.

— Je te l'ai dit, c'est très urgent. Il faut que je m'en occupe maintenant. Je n'ai pas le choix.

— Mais... Mais tu ne peux pas me faire ça. J'ai tellement envie que tu m'accompagnes.

— Moi aussi, tu le sais. Je suis désolé.

— Mais je m'en fiche que tu sois désolé ! Ce que je veux c'est que tu viennes avec moi ! Je m'en fiche de ton client et de ses problèmes, tu comprends ?

Priscillien soupira.

— Je sais. Essaie de comprendre.

Alba sentit la colère et la frustration lui monter aux oreilles.

— Non, je n'ai pas envie de comprendre. J'attends de passer du temps seule avec toi depuis trop longtemps. Je ne veux pas entendre parler de ce client ou je ne sais quoi. Je veux passer ces trois jours avec toi, point barre.

Elle entendit Priscillien rire au téléphone. Ça la rassura un peu.

— Tu sais que j'adore quand tu t'énerves ? Blague à part Alba, je t'assure que c'est un problème vraiment important que je suis obligé de résoudre rapidement.

— De quoi s'agit-il exactement ? Tu peux peut-être le régler à distance non ?

Priscillien eut une seconde d'hésitation.

— Je ne peux pas t'expliquer, ce serait trop long et trop compliqué. Et non, je ne peux pas le régler à distance.

Alba soupira.

— Très bien. Alors c'est simple, si tu ne viens pas, je n'y vais pas.

— Mais enfin Alba, c'est complètement idiot ! Et ton violoniste ?

— Je m'en fiche. Ce qui m'intéresse dans ce voyage, c'est qu'on le fasse ensemble. C'est tout.

— Et ton Atelier ? Tu m'as dit que c'était une très belle opportunité ! Tu ne peux pas renoncer simplement parce que tu dois y aller seule !

— Alors viens !

Elle entendit Priscillien souffler dans le téléphone. Elle sentit qu'il hésitait.

— C'est compliqué Alba.

— Je sais, tu me l'as déjà dit. Je veux juste t'entendre me dire que tu viens avec moi. Ou alors me dire que tu n'en as plus envie.

— Bien-sûr que si j'en ai toujours envie. J'en meurs d'envie même.

— Et bien alors ?

Le silence s'installa à nouveau entre eux. Il sembla très long au goût d'Alba. Trop long. Puis, Priscillien craqua.

— Bon, d'accord. Je vais voir ce que je peux faire.

Le ventre d'Alba se dénoua.

— Génial ! On se retrouve dans une heure à la gare ?

— Oui.

— Je t'adore ! Je t'adore ! Je t'adore !

— Moi aussi. Tu n'imagines pas à quel point.

Il avait dit cela d'une voix déconfite, presque atone. Mais Alba était trop excitée à l'idée de leur voyage à deux pour s'en apercevoir.

— A tout-à-l'heure, lui dit-elle d'une voie joyeuse.

— Oui. A tout-à-l'heure.

Alba raccrocha, soulagée. Bien qu'un peu perturbée par ce coup de fil et surtout par le fait qu'elle avait senti Priscillien différent de d'habitude, elle était heureuse. Elle se demanda ce qui avait bien pu être à l'origine de son hésitation. Elle imagina qu'il devait s'agir d'un problème important pour qu'il en arrive à envisager de renoncer à son séjour à Prague. Elle décida d'aborder le sujet avec lui une fois qu'ils seraient partis. Pour le moment, elle devait se dépêcher de boucler sa valise pour prendre le bus en direction de la gare. Elle comptait bien profiter à fond de ses trois jours d'escapade.

Chapitre 23

Juillet 2014

Il poussa la lourde porte d'entrée de la maison et pénétra dans le vestibule. La maison était propre et rangée. Alba avait même vidé le lave-vaisselle avant de partir. Marc ouvrit le réfrigérateur à la recherche d'une idée pour son déjeuner. Il opta pour un reste de hachis-parmentier à passer au micro-ondes. Pendant que son repas chauffait, il entreprit d'ouvrir le courrier qu'il avait posé sur la table de la cuisine. Une enveloppe de la mairie de Saint-Ambroise-sur-Loire attira son attention. Curieux, il l'ouvrit en premier. Elle contenait une lettre qu'il lut rapidement. Dès la première phrase, il comprit que quelque chose clochait. A la fin du deuxième paragraphe, il était déjà furieux, et une fois sa lecture achevée, il était carrément hors de lui. Comment avait-il pu lui faire ça ? En plus du reste ? Il ne comprenait pas. C'était immonde.

Après quelques minutes d'incompréhension totale teintée de colère noire, il se leva d'un bond et fonça vers l'ordinateur d'Alba. Il ouvrit les mails et tapota sur le clavier avant de trouver ce qu'il cherchait. Il recopia à la hâte quelques éléments sur un morceau de papier et se leva pour attraper au vol ses clefs de voiture. Quand il claqua la porte de la maison, il bouillonnait de haine. Il sauta dans sa voiture et démarra en trombe pour prendre la direction de l'autoroute. Il écrasa la pédale de l'accélérateur. Il ne lui restait plus beaucoup de temps.

***

L'aéroport Paris-Charles-De-Gaulle était bien encombré cet après-midi là. C'était la période des départs en vacances et les familles chargées de lourdes valises et d'enfants surexcités se pressaient vers les portes d'embarquement. De leur côté, Alba et Priscillien étaient sur un petit nuage. Ils s'étaient attablés pour partager une coupe glacée dégoulinante de chocolat fondu et réfléchir au programme des trois prochains jours. Ils s'étaient déjà mis d'accord sur les endroits à ne pas manquer et ils choisissaient maintenant un récital de piano auquel ils assisteraient. Alba avait posé la tête sur l'épaule de Priscillien qui l'entourait de son bras. Elle fondait de bonheur. Elle s'apprêtait à lui indiquer le concert qui lui semblait le plus approprié quand elle sentit le bras de Priscilien partir violemment en arrière en même temps que résonnait une voix familière. Trop familière.

— Pourquoi tu m'as fait ça sale con ?

Alba se retourna d'un coup. Marc se tenait juste derrière eux. La rage voilait ses yeux et il tremblait de la tête aux pieds. Elle sentit le sang quitter son corps et le rouge lui monter aux joues. Elle ne savait plus où se mettre. Puis, elle réalisa que Marc ne s'adressait pas à elle mais à Priscillien. Comment le connaissait-il ?

— Alors, tu ne réponds pas ? Ca ne t'a pas suffit de me prendre ma femme ? Il faut aussi que tu m'arnaques ?

Alba hallucinait complètement. Elle ne comprenait rien.

— Eh oui, tu as raison. Et c'est bien fait pour toi. Tu ne mérites que ça.

— Quoi ? Mais tu es complètement cinglé ma parole ! Qu'est-ce que je t'ai fait ?

Alba les regardait les yeux exorbités.

— Quelqu'un peut m'expliquer là ? Je ne comprends rien. De quoi parlez-vous ?

— Toi tu la fermes, lui répondit Marc en la fusillant du regard. Tu en as assez fait comme ça. Alors, j'attends tes explications, ajouta-t-il à l'attention de Priscillien.

— Tu n'as toujours rien compris, ricana-t-il à moitié.

— Non, en effet, j'ai rien compris. Alors vas-y, explique !

— Ca te dit quelque chose Saint-Paul-sur-Loire ?

— Bien-sûr que oui ! Tu me prends pour un con ou quoi ?

— Et ça te dit quelque chose la date du 3 avril 1980 ?

— A quoi tu joues là ?

— Tu le sais très bien. Parce que tu sais que ce jour-là, tu as tué mon père.

Alba sursauta. Marc hurla.

— Mais qu'est-ce que tu racontes ? C'est quoi ces conneries ?

— Oui, tu as bien entendu. Tu as tué mon père. Et tu sais exactement de quoi je parle.

— Mais c'est n'importe quoi ! Je n'ai jamais tué personne ! Ce n'est pas moi qui…

— Laisse-moi te rafraîchir la mémoire, le coupa Priscillien. Tu avais huit ans. Tu habitais pas loin de notre château. Ta mère t'avait interdit d'aller jouer près de la Loire. Sauf que tu n'en faisais qu'à ta tête. Alors tu as pris le petit chemin qui longe le fleuve. Tu sais, celui que tu pouvais rejoindre par le bout de ton jardin. Tu as marché, assez longtemps pour arriver jusqu'à la Loire. Là, je ne sais pas ce qu'il t'a pris. Tu as peut-être voulu mettre les pieds dans l'eau, ou ramasser des pierres, ou faire des châteaux de sable ou je ne sais quoi. Et d'ailleurs on s'en fout. Quoi qu'il en soit, tu es allé vers l'eau. Sauf que ce que tu ne savais pas, c'est qu'à cet endroit-là, il y avait des sables mouvants. Evidemment, tu as commencé à t'enfoncer. Au début tu as dû trouver ça drôle. Sauf que tu as dû vite comprendre que tu étais mal parti. Alors tu as crié. Et un homme qui passait par là a accouru pour te porter secours. Cet homme-là c'était mon père. Je ne sais pas comment, mais il t'a sauvé. Et lui, il y est resté.

Marc était blême. Soit Priscillien avait occulté une partie de l'histoire, soit il ne savait pas tout.

— Je suis désolé que ton père soit mort, crois-moi. Mais je te jure que je n'y suis pour rien. C'est Victorien qui…

Priscillien l'interrompit brutalement.

— Tais-toi ! Laisse mon frère en dehors de tout ça ! Hurla-t-il.

Les gens commençaient à se retourner sur eux. Mais tous les trois s'en fichaient. Ils semblaient avoir oublié le fait qu'ils se trouvaient dans un lieu public.

Alba les regardait tous les deux avec des yeux hallucinés. Elle ne comprenait rien. Marc connaissait Victorien. Il était au courant de l'histoire autour de la mort du père des deux frères, alors qu'il lui avait dit qu'il ne savait rien. Elle avait l'impression d'être sur la branche d'un arbre qu'on était en train de scier, lentement mais sûrement.

Priscillien reprit :

— J'avais un an. Ma mère a pété un plomb et on est partis vivre aux Etats-Unis chez ma tante. Ma mère a mis des années à s'en remettre, si toutefois on peut considérer qu'elle s'en est remise. J'ai grandi seul. A cause de toi je n'ai eu ni père, ni mère. Et j'ai perdu toute mon enfance. Alors quand j'ai découvert le nom de celui qui était à l'origine de tout cela, j'ai décidé de me venger.

— Attends, je ne comprends pas là.

— Je vais être plus clair. Quand on s'est rencontrés à cette soirée il y a quatre mois et que tu m'as parlé de ta recherche de terrain, j'ai repensé à ces anciennes carrières fermées depuis des dizaines d'années. J'avais retrouvé les plans dans les papiers de mon père. Victorien ne voulait pas en entendre parler alors j'ai fait des recherches. J'ai appris qu'il s'agissait d'anciennes carrières de tuffeau qui avaient été exploitées dans les années 1940. Je me suis demandé pourquoi ce terrain avait été laissé à l'abandon depuis toutes ces années. Alors je me suis renseigné et j'ai compris que le terrain était devenu inconstructible suite à l'exploitation de ces carrières. J'ai rangé les plans et j'ai laissé tombé. Jusqu'à ce que je fasse ta connaissance et que tu me parles de ton projet. Tu voulais un terrain pile à l'endroit des carrières. Tu ne trouvais rien et moi j'en avais un. Inconstructible. Tu m'apportais ma vengeance sur un plateau.

Priscillien sourit.

— Mais tu es complètement fou, murmura Marc ahuri.

— Non, je ne suis pas fou. J'ai fait tout cela très consciemment au contraire. Je savais que tôt ou tard tu le saurais, et que ce jour-là je pourrai te dire toute la haine que j'ai pour toi. Depuis que Maxime m'a raconté votre petit secret à tous les trois, je n'ai plus eu qu'une idée en tête, me venger. Vous vous êtes bien foutus de ma gueule. Les trois copains d'enfance. Marc, Maxime et Victorien. Et tu sais quoi, ce qui me dégoûte le plus, c'est que vous ayez continué à vous voir quand mon frère est rentré des Etats-Unis. A

161

vous faire des soirées, comme ça, comme si de rien n'était, comme si rien ne s'était jamais passé. C'est pas la culpabilité qui vous étouffait. Enfin, surtout toi. Je ne comprends juste pas comment Victorien a pu faire pour continuer à te voir. Alors tu vois, dès que j'ai eu l'occasion de te coincer, je l'ai fait. J'ai appris ce matin par le Maire de Saint-Ambroise que le courrier officiel était parti hier. Je me doutais qu'il arriverait aujourd'hui.

Alba comprit tout-à-coup les raisons de l'étrange coup de fil qu'elle avait reçu de Priscillien le matin même. Il s'était bien moqué d'elle lui aussi.

— Mais te venger de quoi à la fin ? Tu crois vraiment que c'est moi qui suis responsable de la noyade de ton père ?

— Pourquoi ? Tu voudrais me faire croire le contraire ?

— Parce que c'est Victorien qui était dans l'eau. Pas moi.

— C'est faux !

— Ah oui ? C'est ce que Maxime t'a dit ?

— Oui, c'est ce que Maxime m'a dit. Et je le crois.

— Et bien tu ferais bien de retourner lui demander. Parce qu'il t'a raconté des conneries.

Priscillien ne semblait pas laisser les paroles de Marc arriver jusqu'à son cerveau. Il n'avait pas l'air de comprendre.

Marc continua, parfaitement calme. Il avait retrouvé le contrôle de ses émotions.

— Et te taper ma femme, c'était aussi dans ton programme pour te venger ?

— Non, absolument pas. Je suis tombé amoureux d'Alba sans le vouloir. Pas de bol, c'était ta femme. Mais non, ce n'était pas prémédité.

— Je ne te crois pas. Comme par hasard ça a commencé en mai avec elle. Pas longtemps après notre soirée. Tu ne vas pas me faire croire que c'est juste la faute à pas de chance.

— Pourtant si. Ma relation avec Alba n'a rien à voir avec ma vengeance.

Alba réfléchit à toute vitesse. Elle se décomposa encore un peu plus.

— Tu es en train de dire que tu étais au courant ? Demanda-t-elle à Marc.

— Oui. Quasiment depuis le début.

Voilà qui expliquait son comportement si étrange depuis quelques semaines.

— Mais, tu ne m'en as jamais parlé ? J'aurais pensé que…

— J'avais d'autres chats à fouetter figure-toi ! Lui répondit-il d'un air dédaigneux. J'avais bien compris que le type que tu te tapais était celui qui me vendait le terrain, et aussi que c'était le frère de Victorien. Je savais qu'il n'était pas au courant que j'étais l'un des meilleurs amis de son frère, vu ce qu'il s'était passé il y a trente-cinq ans. Et si j'avais fait ce qu'il fallait pour vous séparer je pouvais dire adieu à mon terrain. Et ça, c'était hors de question. J'attendais juste que le terrain soit à moi pour te faire une scène.

Alba sentit son cœur s'accélérer et la colère monter en elle. Elle n'avait clairement pas tous les morceaux du puzzle en mains mais ce qu'elle avait bien compris, c'est que son mari était peut-être responsable de la mort du père de Priscillien, qu'il avait consciemment privilégié son business à son mariage, et que Priscillien était capable du pire. Sans compter qu'elle n'était pas certaine de le croire quand il affirmait qu'elle était étrangère à sa vengeance. Bien que n'étant pas la mieux placée pour leur faire des reproches au vu de ces dernières semaines, elle était dégoûtée. Comment avaient-ils pu, l'un comme l'autre, faire tout cela ? Quelle était vraiment la vérité ? De son côté, elle était tombée amoureuse d'un autre homme que son mari. Certes, ce n'était ni bien ni moral, mais ça arrivait tous les jours, à des tas de personnes. Mais eux, ils avaient trahi, manipulé, prémédité. C'était répugnant. Pétrie de colère, elle était déçue et blessée. Tout son corps s'était mis à trembler et elle sentit les larmes lui monter aux yeux. Alors, elle se mit à crier.

— Vous êtes complètement malades ! Vous ne valez pas mieux l'un que l'autre ! Vous me dégoûtez !

— Je t'ai dit de la fermer ! La coupa Marc avec agressivité. Tu es sacrément mal placée pour me faire des reproches. Tu te tapes ce con depuis des semaines, tu me prends pour un imbécile et tu te permets maintenant de me dire ce que je dois faire ! Non mais je rêve !

— Et tu ne t'es jamais demandé pourquoi je te trompais ? Tu ne te remets jamais en question hein ? Jamais ! Pour toi tout va bien ! On se marie, on achète une maison, on a des gosses et c'est bon ! T'as vraiment rien compris ! Rien du tout !

— Ouais c'est ça ! J'ai d'autres problèmes tu vois ! Et bien plus importants que tes états d'âme à deux balles. J'ai un magasin à construire, un putain de terrain à trouver maintenant que ton connard d'amant m'a arnaqué. J'ai une boutique à faire tourner tu vois. Alors tes questions de midinette, j'en ai vraiment rien à foutre !

— Mais comment tu peux me dire ça ? Je te parle de nous là, pas de ton boulot ! Je m'en fous moi de ton magasin !

— Oh c'est bon, ne joue pas à ça. Tu es très mal placée pour parler de nous ! En plus tu sais très bien que j'ai été autant présent que toi dans cette famille. J'ai au moins autant participé que toi à l'éducation des enfants. Ne sois pas injuste, ça te va mal.

Alba fulminait. Au fond, elle savait qu'il avait raison. Et pour autant, cela ne changeait rien. Aujourd'hui, ils avaient atteint le point de non retour. Elle sentit le regard de Priscillien posé sur elle et elle tourna les yeux vers lui. Il avait l'air triste et fatigué, mais à ce moment-là, elle ressentit presque de la haine pour lui ; malgré son histoire, malgré ses chagrins. Elle le regarda au fond des yeux, comme pour y chercher une explication plausible, des vraies raisons, quelque chose qui tenait debout. Elle n'y trouva que du vide, et la certitude qu'il ne regrettait rien.

Alors elle attrapa son sac, tourna les talons et se mit à courir en direction de la sortie du terminal. Quand elle franchit la porte, elle débordait de larmes, des larmes pleines de rage et de désespoir.

Chapitre 24

Juin 2015 – Un an plus tard...

Des notes de musique. La sensation apaisante du parquet sous ses pieds nus. Les rayons du soleil entre les rideaux. Respirer. Sourire. Danser.

Alba se mit à tourner sur elle-même. Elle ferma les yeux, ouvrit les bras, et laissa la musique la pénétrer entièrement. Elle dansa longtemps, sans se soucier de quoi que ce soit d'autre que de profiter de l'instant présent. Puis elle se jeta dans son fauteuil rouge, essoufflée et transpirante, heureuse.

Un an s'était écoulé depuis la scène de l'aéroport avec Marc et Priscillien et sa vie avait bien changé. Elle avait passé quelques jours, isolée, dans la maison de campagne de Sophie. Elle avait beaucoup pleuré, et beaucoup réfléchi aussi. Elle en voulait au monde entier, et il n'était pas difficile de comprendre pourquoi. Elle s'en voulait à elle-même, parce qu'elle n'avait rien vu, parce qu'elle s'était laissée berner. Elle avait fini par parvenir à reparler presque normalement à Marc quelques semaines plus tard. Ils en étaient rapidement arrivés à la conclusion que la séparation était la meilleure décision. Quelque chose d'irrémédiable était cassé pour de bon. Ils avaient revendu leur maison et Alba avait acheté un petit appartement lumineux et confortable dans le centre-ville de Tours. Elle s'éloignait de son lieu de travail mais peu lui importait, elle avait besoin de sentir de la vie autour d'elle. L'Atelier des Arts tournait maintenant à plein régime et on lui avait confié d'autres missions, ce qui n'était pas plus mal car elle avait eu besoin d'une rupture franche avec tout ce qui la reliait à l'année précédente. Elle était maintenant apaisée, naviguant entre ses enfants et ses amis. Quant à Priscillien, elle avait dû faire preuve de beaucoup de courage pour résister à la tentation de répondre à ses appels. Il lui avait laissé des dizaines de messages téléphoniques, lui avait envoyé des tonnes de mails, et il avait même tenté de la voir à la mairie mais elle avait fait ce qu'il fallait pour qu'il reparte. D'un côté, elle comprenait la souffrance qu'il avait pu éprouver suite à la disparition de son père. Mais d'un autre, un désir de vengeance aussi malsain la dépassait. Marc lui avait assuré qu'il n'était en rien responsable de la mort du père de Priscillien, et il maintenait sa version. Pour lui, c'était Victorien qu'Hugues avait sauvé de la noyade. Au fond, elle doutait toujours. Elle ne saurait sans doute jamais la vérité et elle ne supportait pas l'idée que son mari puisse avoir été responsable d'un tel drame.

Elle pensait à Priscillien très souvent, chaque jour sûrement. Avec le temps, son souvenir était devenu moins douloureux, moins empreint de colère. Quand elle pensait à lui, c'était pour se rappeler les bons moments passés ensemble. C'était un peu comme si son cerveau avait fait le choix d'effacer la partie la plus pénible de leur histoire en n'en conservant que le plus doux. C'était mieux ainsi.

Après avoir repris son souffle, elle se dirigea vers la salle-de-bains pour prendre une douche. Ce soir, elle avait rendez-vous avec Sophie et Clémentine pour une séance de cinéma. Elle aimait plus que tout ces moments de complicité avec ses amies et collègues qui avaient été très présentes depuis un an. Elle prit une longue douche puis choisit sa tenue avec soin. Elle aimait prendre soin d'elle, peut-être plus encore depuis qu'elle vivait seule. Quand elle sortit, elle laissa un discret voile de parfum dans son sillage.

Les trois femmes s'étaient donné rendez-vous devant le cinéma. Alba arriva la première et pour patienter, elle entreprit de lire les panneaux lumineux contenant le résumé des films à l'affiche. Elle naviguait d'un panneau à l'autre quand elle entendit son prénom prononcé d'une voix qui lui donna des frissons. Son cœur s'accéléra. Elle se retourna.

Priscillien se tenait devant elle, fidèle à lui-même, élégant, mal rasé, les cheveux ébouriffés. Elle sentit ses mains devenir moites.

— C'est drôle de te croiser là, dit-il.

— Drôle, je ne sais pas. Inattendu, oui.

Priscillien sourit.

— Comment vas-tu, depuis tout ce temps ?

— Bien. Je vais bien.

— C'est tout ? Tu ne peux pas me dire que ça !

Il riait.

Alba sourit, bien qu'un peu mal à l'aise.

— OK. Alors voilà, j'habite à Tours depuis que je suis séparée de Marc. Je loue un petit appartement près de la rue de Bordeaux. Je travaille toujours au même endroit. Je sors pas mal, j'en profite, je vais voir les jumeaux à Paris dès que je peux. Voilà, en gros, ma vie.

— Je suis heureux de voir que tu vas bien.

— Oui, je vais bien. Ca m'a pris un peu de temps mais je vais bien. Et toi, tu en es où ?

— Pour moi les choses ont peu changé. J'habite toujours au Château. J'ai un peu délégué le côté commercial pour reprendre en charge une bonne partie de la gestion du Château. Comme tu le sais, Baptiste a vraiment assuré pendant les quatre années qui ont suivi la mort de Victorien, mais depuis l'an dernier, j'ai décidé que c'était à mon tour de le faire. C'était ce que Victorien avait toujours voulu, que le business soit géré directement par la famille. Au final, je crois que toute cette histoire avec ton mari m'a remis les pieds sur terre. J'ai fini par comprendre qu'il ne me servirait à rien de courir après des fantômes toute ma vie. Que rien ne me ramènerait mon père. Et que refuser de remplacer Victorien au Château n'adoucirait pas le manque de mon frère.

— Et Caroline ?

— Caroline… Je crois qu'elle me détestera pour le restant de ses jours. Evidemment elle n'a jamais rien su de notre histoire, ni de ce qu'il s'est passé avec ton mari. Sauf qu'avec le temps, j'ai commencé à me poser sérieusement des questions. Et je me suis rendu compte que je n'étais pas prêt à m'engager avec elle. A m'engager tout court d'ailleurs. Je ne le serai peut-être jamais, je n'en sais rien. Quoi qu'il en soit, je l'ai plantée une semaine avant le mariage. Je ne te dis pas le scandale qu'elle m'a fait. Elle m'a traité de tous les noms, elle m'a menacé. Bref, elle était furieuse, ce que je peux comprendre. En tous cas, elle a pris ses valises et elle est partie. Depuis, plus de nouvelles.

— J'imagine que tu n'as pas dû rester célibataire bien longtemps.

— Et bien si. Contrairement à ce que tu peux imaginer, je suis seul. Je vis comme un vieux garçon dans mon grand château ! Blague à part, j'ai beaucoup pensé à toi ces derniers mois, à nous. Pour être franc, je ne sais pas si je pourrai un jour retrouver ce que j'ai vécu avec toi. Parce que c'était simple, naturel, je sais pas c'était…bien. Voilà. C'était bien, c'est tout. Quand j'ai finalement compris que tu ne décrocherais jamais ton foutu téléphone et que tu me jetterais systématiquement à la porte de la mairie, j'ai abandonné. Je n'ai pas cherché à avoir de tes nouvelles, ni à savoir où tu habitais, ni avec qui. J'ai fait le choix de respecter le tien et je te prie de crois que ça m'a beaucoup coûté. Alors maintenant je ne sais pas. J'attends de voir ce que l'avenir me réservera. Et puis je verrai bien, je ferai avec.

— Je me dis la même chose. Toute cette histoire m'a fait du mal, c'est certain. Mais elle m'a aussi permis de voir que ma vie pouvait être différente, et peut-être aussi de connaître autre chose. Ma vie d'aujourd'hui me plait. Je suis heureuse ainsi. Je ne sais pas si je pourrai me remettre en couple, encore moins habiter avec quelqu'un. Je n'en sais rien. L'avenir me le dira.

— Quoi qu'il en soit, je voulais te dire que je suis infiniment désolé de tout ce qu'il s'est passé il y a un an. Je n'ai jamais pu te le dire de vive voix car tu ne me l'as jamais permis, mais je tenais à le faire. Tu m'as dit un jour que tu espérais ne jamais avoir à regretter notre histoire. J'imagine maintenant que c'est le cas. Et j'en suis profondément attristé, d'autant plus que tout est de ma faute.

— Non. Détrompe-toi. Je ne regrette pas. J'ai passé des moments extraordinaires avec toi. Et ça, personne ne me l'enlèvera. En revanche, je n'arrive toujours pas à comprendre la manière dont tu as agi. J'ai eu beau y réfléchir, ça me dépasse. Je ne suis pas certaine que je pourrai un jour le comprendre, et par là même passer par dessus toute cette histoire.

— Je sais, répondit-il presque tristement. Mais tu n'avais pas tous les éléments en mains.

— Comment voulais-tu que je les aie ? Tu ne m'as jamais rien dit !

— Ce n'est pas un reproche Alba. Et tu as raison, j'avais fait le choix de ne rien te dire. Mais comment aurais-je pu faire autrement ?

— Je n'en sais rien. Mais je croyais que je pouvais te faire confiance. Et tu m'as menti, et pas qu'un peu. Tu t'es servi de moi.

Priscillien soupira.

— Non Alba. Je ne me suis jamais servi de toi. Je n'ai pas menti quand j'ai dit à Marc que je t'avais rencontrée par hasard. Je suis tombé amoureux de toi sans le vouloir. J'ai fait le choix de ne rien te dire pour ne pas te perdre. C'était idiot, j'en ai conscience.

Il se tut et baissa la tête. Puis, il la regarda droit dans les yeux.

— Et le pire, reprit-il, c'est que j'ai fait tout ça pour rien.

— Comment ça ?

— Après la scène de l'aéroport, je suis retourné voir Maxime. Enfin, j'ai mis quelques jours à me décider à le faire. J'ai été tellement malheureux pendant des années, et tellement persuadé qu'il fallait que je trouve un coupable que je me suis accroché à ce que Maxime m'avait raconté. Sauf que le doute a commencé à m'habiter sérieusement avec ce que Marc m'avait dit ce jour-là. Je suis donc allé trouver Maxime et je lui ai tout avoué. Ma vengeance, toi, et tout ce qu'il s'est passé à l'aéroport. Alors, à son tour, il a tout déballé. La vraie version cette fois-ci.

Alba s'aperçut qu'elle frissonnait.

— Marc avait raison, Alba. Il n'est pas responsable de la mort de mon père. Ce jour-là ils étaient tous les trois, comme d'habitude. Marc, Maxime et Victorien. Ils sont partis près de la Loire. Evidemment, c'était dangereux et ils n'avaient pas le droit d'aller là-bas. Mais ils avaient dix ans et ils ne pensaient pas à ça. Il faisait chaud, il n'y avait personne, alors ils se sont approchés de l'eau. Pour s'amuser, tout simplement, comme des gosses de dix ans. Et puis Victorien s'est trouvé pris dans des sables mouvants. Maxime et Marc ont essayé de le sortir, mais ils n'avaient pas assez de force. Heureusement pour Victorien, mon père passait dans le coin. Je ne sais pas ce qu'il faisait là mais toujours est-il qu'il est arrivé au bon moment. Il a sorti Victorien de l'eau mais il n'a pas pu se dégager. C'était trop tard, il s'était trop enfoncé. Les garçons sont partis chercher de l'aide, mais quand ils sont revenus avec notre voisin Henri, il n'était plus là.

Alba ne respirait plus.

— Quelle horreur. Et quelle culpabilité ton frère a-t-il dû endosser.

— Certainement oui. Tout comme les deux autres d'ailleurs.

— Et ta mère, sait-elle exactement ce qu'il s'est passé ?

— Je ne sais pas. Et je n'ai pas eu le courage de lui poser la question. Maxime m'a dit qu'après le drame, de nombreuses rumeurs ont couru. Certains ont affirmé que c'était Marc qui avait manqué de se noyer, d'autres que c'était Victorien. Je ne sais pas quelle version a été donnée à ma mère.

— Mais pourquoi Maxime t'a-t-il raconté que ton père avait sauvé Marc si c'était de Victorien dont il s'agissait ?

— Parce qu'il a voulu me préserver. Il savait que j'avais découvert les articles de journaux qui expliquaient qu'il était mort en sauvant un enfant de la noyade. Il savait à quel point j'avais besoin de connaître le nom de cette personne. Tu imagines dans quel état j'aurais été s'il m'avait avoué qu'il s'agissait de mon frère alors qu'il était mort dans un accident de voiture dix jours plus tôt ? Il a fait le choix de privilégier la version de la rumeur qui accusait Marc. Il s'est dit que je n'en ferais pas grand-chose et que le fait de connaître le nom du responsable me suffirait. Il a cru bien faire. Pour me protéger. Dans un sens, il avait raison. Si je n'avais pas rencontré Marc à cette soirée, je n'aurais sans doute rien fait. Je ne te cache pas que j'ai cherché des infos sur Marc sur Internet. Je connaissais plein de choses sur lui, mais je n'avais pas prévu de lui faire payer quoi que ce soit. Ce n'est qu'au moment où je l'ai rencontré que cette pulsion m'a pris. Quand je l'ai eu en face de moi, j'ai réalisé qu'il était l'assassin de mon père. Enfin, c'est comme cela que je le voyais, et surtout, c'est ce que je croyais. Et puis il était si arrogant, si sûr de lui, si conquérant. Il avait des dollars dans les yeux quand il évoquait son projet de magasin. Alors quand il m'a parlé de l'endroit qu'il avait visé et du fait qu'il ne trouvait pas de terrain, c'était trop facile pour moi, trop tentant. Je n'ai pas pu résister. A ce moment-là, j'avais envie de l'écraser comme une mouche.

— Je vois. Et tu n'en as jamais parlé à Maxime n'est-ce pas ?

— Non, jamais. Je lui avais promis qu'une fois qu'il m'aurait donné le nom du responsable ça s'arrêterait là. En revanche, Marc lui avait tout raconté.

— C'est-à-dire ?

— Maxime m'a dit qu'au moment où nous sommes partis à San Francisco, Victorien a toujours gardé contact avec Marc et lui. Ils s'écrivaient chaque semaine. Des

174

courriers d'enfants d'abord, puis de vraies lettres, et des coups de fil ensuite. Alors qu'elle aurait pu les séparer, la culpabilité les a reliés. Quand Victorien est rentré en France, ils se sont revus, régulièrement. Ils passaient des soirées ensemble, tous les trois. Leur passé leur avait permis de nouer une relation très particulière. Personne ne savait qu'ils se voyaient tous les trois ensemble. Evidemment, tout le monde était au courant du drame. Entre ceux qui pensaient que Victorien était responsable de la mort de son père et ceux qui croyaient que c'était Marc, il fallait mieux faire taire les mauvaises langues. Maxime était neutre dans l'histoire. Il ne s'est donc jamais caché d'être resté l'ami des deux.

— Moi non plus je ne me suis jamais doutée de rien. Pourtant, Maxime est venu pas mal de fois à la maison. Mais je n'ai jamais su qu'ils avaient été trois. Marc ne m'a jamais parlé de Victorien. Pire encore, quand je l'ai interrogé sur les rumeurs qui couraient depuis longtemps sur votre famille, il m'a toujours juré qu'il ne savait rien. C'était bien longtemps avant de te connaître évidemment. Je comprends maintenant pourquoi il ne m'a rien dit.

— Et surtout, il ne t'a pas dit qu'il se confiait à Maxime. Maxime était au courant pour nous. Marc le lui avait dit. Tous deux savaient que j'étais incapable de faire le lien entre Marc et Victorien car quand ils se voyaient tous les trois, mon frère me disait qu'il sortait avec Maxime. Marc lui avait aussi expliqué que je lui avais proposé le terrain et que c'était la raison pour laquelle il ne t'avait pas dit qu'il savait pour nous deux. Il m'a dit qu'il avait tenté de lui remettre les pieds sur terre mais que Marc n'avait qu'une idée en tête, construire son magasin. Apparemment il avait prévu de tenter de te récupérer après avoir bouclé ce point-là. Mais ce que Maxime ne savait pas, c'était que ce terrain était inconstructible. Il n'en avait jamais entendu parler, mais cela ne l'a pas vraiment étonné car le patrimoine familial est plutôt conséquent et parfois un peu flou car il remonte à plusieurs générations.

— C'est complètement fou.

— Oui. Complètement. Quand je pense que j'ai cherché à savoir pendant toutes ces années. Je comprends mieux maintenant pourquoi personne n'a jamais rien voulu me dire. Ni ma mère, ni ma tante, ni mon frère évidemment. Pendant tout ce temps il a soigneusement évité mes questions. Il m'a toujours dit qu'il n'était au courant de rien. Que ma mère ne lui avait pas expliqué. Sur le coup, quand Maxime m'a raconté toute l'histoire, j'en ai voulu à Victorien. Parce qu'il m'a privé de mon père, évidemment, mais surtout parce qu'il m'a caché la vérité. Avec le recul, j'ai compris pourquoi il l'avait fait. Et d'ailleurs j'aurais fait la même chose à sa place. J'ai aussi compris que c'était la raison pour laquelle il m'avait protégé depuis que je suis tout petit. Parce qu'il considérait qu'il m'avait privé de mon père. Et qu'il devait compenser. Et puis j'ai également compris que même si j'avais connu la vérité j'aurais été incapable de lui en vouloir. Parce que c'est la vie, et que c'est comme ça. Et parce que c'est mon frère, et que je lui dois beaucoup.

— Je comprends. C'est incroyable cette histoire. Victorien a dû beaucoup souffrir.

— Certainement. Je pense que c'est aussi pour cela qu'il ne s'est jamais marié, qu'il ne s'est jamais engagé avec aucune femme. La vie de célibataire devait lui permettre d'avoir le moins de responsabilités possible. Il en avait tellement encaissé depuis tout petit.

— Possible en effet.

Ils se turent, restant chacun dans leurs pensées. Alba rassemblait dans sa tête tous les morceaux de l'histoire. Ainsi, Marc ne lui avait pas menti. Sur ce point-là en tous cas. Et même si ça ne changeait rien, le savoir adoucissait un peu la fin difficile de leur mariage. Quant à Priscillien, il avait dû être profondément éprouvé par ces révélations. Elle avait de la peine pour lui. Même si son idée de se venger était tout sauf louable, elle commençait à comprendre qu'il ait pu en avoir besoin. La vie n'avait pas été tendre envers lui. Et au fond, c'était un homme bien. Elle le savait. Elle l'avait connu sous son véritable jour. Elle regrettait profondément de l'avoir connu au mauvais moment. Elle aurait tant aimé pouvoir construire quelque chose avec lui. Elle sentit une bouffée de nostalgie l'envahir. Alors elle le dit à Priscillien. Les regrets, les envies perdues, la tristesse.

Il la regarda avec douceur.

— C'est vrai. Tu as sans doute raison. Moi aussi j'aurais tant aimé avancer avec toi. Et pour tout te dire, j'aimerais que ce soit encore possible.

— Je ne vois pas comment. C'est fini tout ça. C'est trop tard.

— Je sais. Mais s'il te plait, laisse-moi penser qu'un jour ce sera possible.

Alba sourit.

— De toute façon, je ne peux pas t'empêcher de le penser.

— C'est déjà ça.

Il fouilla dans le sac qu'il portait en bandoulière. Il en ressortit un morceau de papier sur lequel il griffonna des chiffres.

— Tiens, voici mon nouveau numéro de téléphone. Si jamais le cœur t'en dit, appelle-moi. On pourra toujours faire comme si on ne s'était jamais connus.

Alba hésita à prendre le papier. Finalement, elle l'attrapa et le fourra dans une poche de son pantalon de toile blanche.

— Je vais te laisser, lui dit-il.

— D'accord.

— Tu n'imagines pas comme ça m'a fait plaisir de te revoir.

Tout en parlant, il la regarda au fond des yeux, de ce regard pénétrant et déstabilisant qui la faisait toujours frémir.

— A bientôt j'espère, lui dit-il en se penchant vers elle pour l'embrasser sur la joue, juste à côté des lèvres.

Elle eut la faiblesse de fermer les yeux un instant, juste assez longtemps pour sentir la caresse de la joue de Priscillien contre la sienne et les effluves de son parfum qui n'avait pas changé. Pendant une fraction de seconde, elle eut presqu'envie qu'il la serre dans ses bras. Elle se reprit vite et lui offrit un sourire timide. Comprenant qu'elle ne dirait rien de plus, il se retourna pour s'éloigner d'elle, la laissant seule sur le trottoir, confuse. Elle ne le quitta des yeux qu'au moment où il disparut complètement dans la masse de badauds du soir.

***

Trois heures plus tard, Alba rentra chez elle. Elle n'avait rien dit à Sophie et Clémentine de sa rencontre avec Priscillien. Elle avait gardé pour elle la discussion qu'ils avaient eue. Elle se servit un verre d'eau et s'assit à la table de la cuisine. Elle mit la main dans sa poche droite et en ressortit le morceau de papier sur lequel Priscillien avait inscrit son numéro de téléphone. Elle l'observa attentivement pendant un temps interminable, hésita quelques secondes, puis finit par le froisser dans sa main et le jeter à la poubelle.

Elle se leva et mit de la musique. Elle choisit un morceau de piano qu'elle adorait. Un peu triste, un peu langoureux. Elle se mit debout au milieu de son salon et ferma les yeux. Elle sentit les larmes s'échapper de ses paupières closes et couler sur ses joues. Un sourire se dessina sur son visage. Curieusement, elle se sentait libérée. Comme délivrée d'un poids trop gros pour elle. La sensation était étonnante, mais apaisante. Non, elle n'appellerait pas Priscillien. Pas plus qu'elle ne ferait comme s'ils ne s'étaient jamais connus. S'ils devaient envisager l'avenir ensemble, c'est le destin qui le déciderait. Désormais, elle croirait en sa bonne étoile. Car elle savait que si quelque chose était possible avec lui, alors la vie le mettrait à nouveau sur son chemin. Et que cette fois-ci, ce serait la bonne.

Du même auteur :

Les tartelettes au citron

Ne sois pas trop sage

Restons en contact :

emilieleboulaire@gmail.com

Emilie Le Boulaire – auteur

Emilieleboulaire